농
담
과

번
복

농 담 과   번 복

안 담

위고

나의 첫 번째 아이러니스트,

아빠에게

차례

1부

어디서 레몬이 또 났대

어디서 레몬이 또 났대

옛날에 이런 농담이 있었다.

개미네 집 주소는?
답: 허리도 가늘군 만지면 부러지리.

그 농담은 끝도 없이 변주될 수 있었다.

내가 남들보다 훨씬 잘 아는 것이 있다면 그것은 추위다. 살을 에는 추위, 살을 베는 추위, 살을 터뜨리는 추위. 슬레이트 지붕골마다 쌓인 눈이 흰 막대가 되고 며칠 뒤면 땅으로 낙하하는 소리. 고드름의 생애. 강원도의 어린이들에겐 잘 알려진, 눈과 얼음은 풀만큼이나 살아 있다는 사실. 크게 자란 고드름들이 서로 얽혀서 만들어지는 울룩불룩한 얼음벽. 그 벽을 통해 보는 낮의 빛. 그 벽에 갇혔다가 간신히 빠져나오면서 산산이 또 찬란하게 부서지는 빛.

횡계의 추위, 용평의 추위, 횡성의 추위, 무주의 추위, 평창의 추위. 잎이 좁은 침엽수들에게도 만만찮은 그 추위. 스키 강습(참고로 거의 아무도 이런 걸 듣지 않는다)으로 생계를 이어가던 계향과 영빈은 용평리조트의 나무 벤치에 나와 동생을 눕혀놓고 슬로프를 한 바퀴씩 돌고 오곤 했다고 한다. 시익-시이익-. 스키나 보드 판때기가 인공눈비탈을 긁을 때 나는 마찰음, 또는 스키복과 장갑과 고글과 헬멧과 방한 마스크 따위로 중무장한 사람들 사이사이를 눈보라가 수색꾼처럼 지나는 소리. 그런 겨울의 소리들을 유모의 노래처럼 음미하면서, 두꺼운 유아용 스키복을 요람 삼아 우리는 잘도 잤다고 한다. 아기들은 너무 추우면 파란 똥을 싼다고 계향은 말했다.

그런 겨울에 가족들은 거의 매일 거실에서 다 같이 잤다. 문풍지로도 뽁뽁이로도 낭만으로도 긍정적인 마음가짐으로도 막아지지 않는 평창의 추위를 견디기 위해서. 누구도 바로 잠들지 않았음이 분명한 밤에, 그러니까 내 옆에 누운 세 쌍의 눈도 그저 천장을 바라보고 있음이 확실한 밤에, 나는 학교에서 배워 온 농담을 나의 부모와

동생에게 알려주었다. 개미네 집 주소가 뭐게? 허리도 가
늘군 만지면 부러지리. 피식, 피식, 피식. 아주 섹시한 개
미네. 영빈은 말했다.

이어지는 계향의 리퀘스트. 모기는? 쉽지, 그건. 나는
생각했다. 소리도 무섭군 물리면 가려우리. 만족한 계향
의 웃음소리가 들려왔다. 자신감이 붙었다.

(동생이 신청한다) 배로… 내 배로 해줘….

네 배도 빵빵하군 만지면 터지리.

얼마든지 할 수 있지….

어제도 공쳤군 밤새면 피곤하리.

당신도 그렇군 나라면 달리하리.

(계향은 시도한다) 우리도… 우리도… 우리도로는 어
떻게 하지?

우리도 엔간하군 안 자면 후회하리….

영빈은 칵칵칵 웃었고 계향은 학학학 웃었다. 동생은
느흐흐 웃으면서 데굴데굴 굴렀다. 우리는 쓰러진 볼링
핀처럼 이불 위를 굴러다녔다. 배가 당기고 몸에서 열이
났다. 그것이 나의 첫 번째 공연이었다.

실은 아니다. 그렇다고 쓴다면 멋있겠지만… 그렇게 단
박에 성공했을 리가…. 농담하기를 좋아하는 사람에게

첫 번째 농담의 기억이 선명할 가능성은 거의 없다. 그들은 평생 너무 많이 시도했으니까….

$$\times$$

내게 처음으로 농담이 무엇인지를 가르쳐준 사람은 이계향이다.

아마도 아홉 살, 열 살쯤의 기억이다. 나는 방에서 앓고 있다. 온몸에서 나는 땀으로 요와 이불이 모두 젖었다. 눈을 감았다 뜰 때마다 물수건을 가지고 방을 들락날락하는 그림자가 보인다. 그 그림자는 한 번은 계향이었다가, 한 번은 영빈이었다가 한다. 새벽에는 오직 영빈뿐이다. 영빈은 작정하고 내 머리맡에 앉는다. 차가운 물이 든 고무 대야에 수건을 담갔다가 꼭 짠다. 젖은 수건으로 내 이마를, 손바닥을, 열이 고이는 겨드랑이와 오금을, 발가락 사이사이를 닦아준다. 한 차례 만에 뜨끈해진 수건을 흔들어 식힌다. 흰 수건이 내 몸 위에서 항복 깃발처럼 흔들린다. 펄-럭-펄-럭-.

그렇게 아침이 되었다. 눈곱으로 떡진 속눈썹 때문에 눈을 뜨기가 힘들었지만, 계향이 옆에 있다는 걸 알 수 있었다. 내 몸을 다 식혀두고 영빈은 어딜 갔을까? 코를 들락거리는 숨이 더 이상 뜨겁게 느껴지지 않았다. 나는 계향의 손을 잡으며 말했다.

이제는 뭐… 추워.

추워? 몸이 막 떨려?

아니, 그게 아니고… 아빠가 하도 닦아줘서… 어제는 열이 나서 죽을 것 같았는데 이제는 뭐 추워 죽겠다는… 뭐 그런 뜻이죠….

살아 있나 보지? 농담을 하는 걸 보니까?

에이 실패다….

농담을 설명하고야 말았다는 열패감을 나른하게 견디면서, 나는 또 배운다. 농담을 한다는 건… 살아 있다는 거야….

계향이 내게 그런 말을 자주 했던 것이 기억난다. 슬픈 일이 있었어? 농담을 하는 걸 보니까? 많이 아팠어? 슬슬 농담을 하는 걸 보니까? 계향에 따르면 농담을 한다는 건 이런 뜻이다. 분명 슬픈 일이 있었고, 그렇지만 살아 있다는 것.

×

살아 있으면 슬픈 일은 계속 생긴다. 그럴 땐 스탠드업 코미디를 본다. 훌륭한 코미디도, 별로인 코미디도 본다. 코미디를 보는 시간은 의미 중독에서 벗어나는 시간이기도 하다. 때로 혹은 자주 코미디를 보며 뭔가를 배우거나 생각할 거리를 얻기도 하지만 코미디가 배움을 위해 있는 것은 아니다. 코미디는 다른 많은 예술 형태와 마찬가지로 재밌으니까 거기 있다. 나도 웃기니까 코미디를 본다. 코미디는 생의 크고 작은 비참함이라는 소재를 단연 사랑한다. 코미디적 시선은 이런 비극에 시간적인 거리와 심적인 거리를 부여하며 현상에 대한 온전한 몰입과 일치를 의도적으로 훼방 놓는 시선이다. 코미디가 무엇을 준다면 그것은 시간일 것이다. 생각할 시간. 생각하되 의미와 가치를 재촉하지 않는 시간, 아무것도 승화하지 않는 시간, 섣불리 레모네이드를 만들어버리지 않는 시간.

If life gives you lemons, make lemonade.
삶이 네게 레몬을 준다면, 레모네이드를 만들어라.

위키피디아에 따르면 이 유명한 영어 격언은 미국의 작가이자 철학자인 엘버트 허버드가 처음 한 말이며 데

일 카네기의 변용으로 널리 알려졌다. 아직도 생각한다. 이게 대체 무슨 소리인지 모르겠다고…. 레몬, 좋은 거 아닌가? 레모네이드는, 더 좋은 거 아닌가? 초강대국 미국에서는 가만히 있어도 레몬이 막 생기나? 레모네이드를 만드는 일처럼 기쁘기만 한 일도 없을 것 같다. 게다가 이 경우엔 레몬이 공짜다. 신선한 레몬에서 갓 짜낸 즙에 설탕을 섞어 달칵달칵 젓다가, 그 시고 달달한 액체를 얼음이 가득 찬 유리병의 벽면을 따라 조심조심 부으면, 레모네이드에게 자리를 내주려고 조금씩 이동하는 얼음에서는 달그락 소리가 나고… 그 소리는 분명 즐거울 것이다. 공교롭게도 나는 저 격언을 들으면 자꾸 침이 고인다.

물론 문화적 상징계에 진입하고 나서는, 저 말이 시련이 오더라도 긍정적인 태도를 지니라는 뜻, 또는 위기가 왔을 때에도 그것을 기회로 만들어내라는 뜻임을 무리 없이 이해하게 되었다. 그렇지만… 장을 한 번이라도 직접 봤다면… 레몬은 참 비싸지 않은지? 삶이 레몬을 무료로 준다는데, 그게 격언을 만들어서 대비해야 할 정도로 걱정스러운 일이라는 점을 나는 아직도 다 이해하지 못했다. 레몬은커녕 보리조차 없는 고개를 이르는 보릿고개란 말이 쓰이는 나라에서 나고 자란 사람인 탓일까? 내가 애호하는 많은 것이 태평양 건너에서 왔지만, 내가 그 문화를 얼마나 이해하면서 좋아하고 있는지는 자신이 없다. 유튜브, 다음팟, 비메오, 티스토리, 그리고 현재는 넷플릭스에 포진해 있는 고마운 선구자들. 그들이 자처한 수입, 번역, 배포의 과정이 없었다면 나는 스탠드업 코미디를 접할 수 없었을 것이다. 그렇다면 내가 좋아한다는 코미디의 세계는 영어가 아니라 굴림체 자막과 그 자막에 녹아 있는 번역자의 드립력으로 지어졌다고 말하는 게 적절할 수도 있다.

그럼에도 풍자나 해학보다는 유머라는 외래어에 내 자리가 있다고 느낀다. 풍자를 하려면 권력을 지닌 누군가만 미워해야 할 것 같다. 나는 실은 약한 것들도 미워한다고 고백하기에는 좀 눈치가 보인다. 해학을 구사하려면 굉장히 긍정적이어야 할 것 같다. 비참한 시대를 통과하는 '우리'가 내일도 버틸 수 있도록 한바탕 웃게 할 힘이 있어야 할 것 같다. 그렇다면 '우리'에 낄 의향도 자격도 염치도 없는 사람들은 어디서 낄낄거리면 좋을까? 무엇보다 풍자와 해학은 특정한 결과에 도달할 때 의미가 있는 도구로 느껴진다. 그러나 유머라면… 유머라면 상황이나 기질과 무관하게도 가져볼 만하다. 유머는 행위의 효과나 결과가 아니라 그 결과를 바라보는 시선이자 태도의 문제이기 때문이다.

우리는 슬픈 이야기를 할 수 있다. 그리고 우리는 슬픈 이야기를 굳이 웃게 할 수도 있다. 내 생각에 그걸 제일 잘하는 사람은 스탠드업 코미디언들이다.

스탠드업 코미디를 사랑하는 마음을 어떻게 설명하면 좋을까?

달랑 의자, 물, 마이크뿐인 무대에 누군가 올라간다. 그의 옷은 의상이라고 부를 수도 없다. 객석에는 그보다 더 잘 차려입은 관객이 많다. 그는 마이크를 들고 혼자서 우스운 말을 몇 가지 하다가 내려갈 뿐이다. 코미디언들이 공연의 맨 끝에 배치하는 말은 이야기의 완결성을 위해 존재하는 결론이 아니다. 마지막 웃음을 노리고 챙겨놓은 펀치라인이다. 폭소를 배경음으로 하여 퇴장할 수 있느냐가 중요하다. "사랑해, 엘에이, 너희는 존나 멋진 관객이었어!" 브로드웨이식으로 손을 흔들며 코미디언은 무대를 떠난다. 그는 만족스러워 보인다. 이야기 하나를 제대로 끝맺지도 못했으면서.

문학, 영화, 연극과 같은 다른 예술 형식뿐만 아니라 술이나 음식, 옷과 신발, 하다못해 집에 둘 소품에 관한 취향까지 공유하는 친구들도 유독 스탠드업 코미디에 대해서는 미심쩍다는 반응을 보이곤 한다. 공연을 공연으로 만드는 최소한의 조건도 채우지 못한 공연, 웃길 수만 있다면야 무슨 말이든 해도 된다는 유독한 풍조가 만연한 장르, 약자에 대한 최소한의 보호 장치마저 벗어던지는 일을 예술가로서의 대담함으로 추켜세우는 객석, 도 무지 웃을 수 없는 사람이 받게 되는 상처를 박수 소리 속에 묻어버리도록 기획된 잔인한 루틴… 등등이 스탠드 업 코미디에 꽂히곤 하는 비판이랄 수 있겠다. 그리고 말했듯이 내겐 너무 외국인들이지 않은가. 뭘 알아듣기나 하면서 좋다는 건지도 확실치가 않다.

제일 조심한다고 해도, 최소한 자기는 깎아내려야 코미디가 성립하는 거 아닐까? 실제로 내가 운영하는 글쓰기 모임에서 한 참여자는 이런 질문을 던졌다. "한때 모든 농담은 언어유희가 아니라면 나를 깎아내리거나, 남을 깎아내리는 것 중에 하나밖에 안 된다고 생각했었어요. (…) (만약 어떤 이가) 무해하고 (동시에) 재미있으려면 나를 깎아내리는 사람이어야 할 수도 있지 않을까…."

나는 막 변명을 하고 싶다. 코미디는 그런 게 아니라고 하고 싶다.

하지만….

아니지 않은 것 같다면?

아무리 생각해도 그 비판들이 딱히 틀리지가 않은 것 같다면?

제일 잘 봐주었을 때에도, 코미디란 누군가의 현란한 자기학대를 구경하는 일에 지나지 않는지도 모른다.

그런데… 그러면 안 될까? 얼마나 현란하게 할 수 있는지 한번 보면 안 될까?

×

무엇보다 페미니스트라면, 코미디의 순기능보다는 역기능에 주목해야 마땅할 것 같은 의무감이 든다. 많은 코미디는 집단의 결속력을 강화하며, 그 집단의 규범을 따르지 않는 사람을 창피하게 만드는 방식으로 웃음을 만든다. 그 웃음은 질서 교란자를 교정하는 아주 효과적인 도구로 쓰일 수 있다. 물론 좋은 코미디에서 집단과 질서의 규정은 유연하게 변화한다. 코미디언은 같은 집단 안에서도 여러 부분집합을 발견하며 다종의 '우리'를 묶었다가 해체하고, 그에 따라 관객도 그 '우리'에 포함됐다 제외되었다 하는 놀이를 즐길 수 있다. 웃는 자가 일류라면, 억지로 웃거나 웃지 못하는 자는 삼류다. 그런데 하필 페미니즘이 바로 그 삼류 시민들을 위한 운동이자 학문인 탓에, 객석에 앉은 페미니스트의 머릿속은 이런 생각들로 복잡한 것이다. 방금 '우리'에서 제외된 사람, 언제나 '우리'에서 제외되던 그 사람 아니야? 저 사람이 웃을 차례는 한 번도 안 온 거 아니야? 그렇다면 페미니스트는 어떤 코미디를 맘 편히 사랑할 수 있을까? 아니, 페미니스트가 코미디를 사랑해도 되는 걸까?

유머는 승화나 고양감 같은 상승의 에너지보다는, 좌절이나 낙담과 같은 하강의 에너지와 관련이 깊다. 붙여 '올린다'고 표현되는 농담도 있을까? 깎아 '내린다'는 표현이 역시 농담에는 잘 어울린다. 유머는 떨어뜨리는 놀이다. 유머는 떨어뜨렸다가, 진짜로 바닥과 충돌하기 전에 잡아채는 놀이다. 떨어뜨리는 시늉을 하려고 손에 쥔 대상의 성질이 연약할수록 그 재미도 배가된다. 농담하려는 사람은 하마터면 상처 입힐 뻔하는 자리에서 서성이고, 솜씨가 좋다면 기어이 상처를 주는 데까지 갔다가 째진 자리를 수복한다. 나을 수 있을 만큼의 상처를 입히겠다는 약속, 그러니까 농담은 일종의 백신이다.

나는 코미디가 얼핏 상처를 유발하는 장르로 보일 수 있으나 그것은 이 장르의 본질적인 속성이라기보다는 구시대적인 혐오와 차별을 그대로 답습하고 있는 사람들이 하필 코미디언이 되어온 탓에 생긴 착시이며, 이제는 코미디의 역사도 진일보하여 아무도 비하하지 않는 농담이 발명되기에 이르렀다고 말하고 싶지가 않다. 그러니까 세상엔 유해한 코미디만 있는 게 아니고 무해한 코미디도 있다고 말하는 방식으로 코미디를 변호하고 싶지 않다. 왜냐하면 코미디는 이것이 비하가 아니라고 말할 생각이 없거나, 그럴 면목이 없는 장르라고 생각하기 때문이다. 자이로 드롭이 싫다는 사람을 두고 네가 무서운 자이로 드롭만 타봐서 그렇다고, 안 무서운 자이로 드롭을 탄다면 괜찮을 거라고 설득하는 게 무책임한 일인 것처럼. 그 거대한 쇳덩이가 진짜로는 추락하지 않을 거라는 걸 전적으로 확신하는 건 어쩌면 처음부터 가능하지 않을지도 모른다.

안전하고 불편하지 않은 코미디가 가능하므로 당신은 코미디를 사랑해도 좋다는 것, 그것은 거짓말이다. 그것은 코미디에 관한 거짓말이면서 사랑에 관한 거짓말이다. 좋아하는 것의 본질을 반 이상 잘라낸 뒤에야 좋다고 말하는 것은 비겁하고 모욕적인 태도다. 그렇게 얻어진 결백으로 할 수 있는 일이 잘 상상되지 않는다. 떳떳한 사랑을 하고 있다는 만족감을 나는 모른다. 내가 아는 사랑은 본래 수치스럽기 때문이다.

여성을 사랑하는 일과 코미디를 사랑하는 일을 동시에 하려고 할 때마다, 모순투성이의 가시밭길 사이사이를 엄지발가락으로 걸어 다니는 느낌이 든다.

몇 년 전 한국 SNL에서는 '주현영 기자'라는 기념비적인 인물이 등장했다. 절대 실수하지 않겠다는 듯 과도하게 긴장한 몸, 떨림을 감추기 위해 높고 가늘어진 목소리, 맞는 단어만 고르려다 붕 떠버리는 단어와 단어 간의 틈, 자기가 잘했는지 못했는지를 상대에게 묻는 듯 매번 올려서 처리하는 어미, 허공에 대본이라도 쓰여 있는 듯 방황하는 눈동자, 결국에는 그 모든 압박을 이기지 못하고 울먹이며 기자로서의 일을 중도 포기해버리는 엔딩까지. 많은 사람을 포복절도하게 하고, 많은 사람을 발표의 악몽에 떨게 한 바로 그 캐릭터. 주 기자에 대해 한 친구는 이를 악물며 이렇게 말했다.

죽고 싶었어. 내가 딱 그렇게 말하거든.

한편, 또 다른 친구는 이렇게 말했다.

너무 해방감이 드는 거예요. 내가 딱 그렇게 말하거든요.

해방감, 나는 그 말에서 커다란 힌트를 얻었다. 그래, 나는 우리가 놀려져도 죽지는 않는다고 생각한다. 그걸 확인하고 싶었다.

우리는 약자인데 자조까지 해야 하냐고, 그건 너무한 일이라고 물을 수도 있다. 우리에게 필요한 것은 긍지, 자기확신, 자기돌봄이라고, 성차별적 구조에 흠집이나 내보기 위해서는 심지어 올려치기와 오만까지 가져도 부족하다고 화를 낼 수도 있다.

그러나 내게는 나의 자조가 소중하다. 자신의 행복과 안녕이 세상에서 가장 중요할 리 없다는 무안의 감각, 터무니없이 팽창하는 자아에 바늘구멍을 내준 창피의 시간들도 소중하다. 소중하게 여기지 않을 도리가 없다. 오랜 수련을 통하여 어떤 여자들이 완성한 자학의 스타일이 구시대의 유물로 남는 것은 애석한 일이다. 그들은 슬프고 사랑스럽다. 그들이 자학을 한다면 다시는 똑같은 실수를 하지 않을 수도 있다고 생각했다는 점까지가 사랑스럽다. 그런 여자들에게 자기긍정의 의무까지 맡길 수는 없는 노릇이다. 그거야말로 너무하고 또 무용한 일이다. 그들은 아마 해오던 대로 자책할 것이다. 자책 말고 긍정을 해야 하는데 자책을 하고 말았기 때문에.

다시 말해, 나는 잘못이라고 놀려도 죽지는 않는 잘못의 선반에 내 실수들도 올려놓고 싶다. 떨어뜨려도 깨지지 않는 투박한 그릇이고 싶다. 참고로 백인 남자들은 똑같은 선반에 전쟁같이 큰 잘못도 올리고는 한다.

그러나 "내가 딱 그렇게" 말하기 때문에 죽고 싶었다는, 그 여자를 잊을 수는 없는 노릇이다. 내게도 낯설지 않은, 한 번이라도 더 웃음거리가 된다면 가스불에 닿은 풍선처럼 터져서 죽을 것 같은 그 느낌. 그런 여자를 앞에 두고, 떨어지는 느낌이 들 뿐 정말로 떨어지지는 않을 거라고 설득해도 되는 걸까? 그가 너무 겁에 질린 나머지 바닥과 충돌하지 않는다는 걸 알기 전에 죽어버린다면, 나는 그 말을 어떻게 책임질 수 있을까?

우스워질 수 없기에는 너무 자존심이 센 여자가 있다면, 우스워지기에는 너무 자존심이 센 여자도 있을 테다. 지금부터는 각 진영을 대표할 만한 두 명의 코미디언을 소개하고 싶다.

×

스탠드업 코미디언 티그 노타로를 스타로 만든 쇼는 이렇게 시작한다.

난 암이래. 다들 잘 지내?

이 전설적인 오프닝이 탄생하기 몇 개월 전이다. 티그는 우울한 시기를 통과하고 있다. 영화 촬영 중 찾아온 원인불명의 통증으로 병원을 찾은 티그는 자신의 대장에 소화기관을 파먹는 균이 산다는 것을 알게 된다. 그는 해골에 근접한 상태로 간신히 살아남아 퇴원한다. 일주일 후 그의 생일이 며칠 지나지 않은 시점에 티그의 엄마가 죽는다. 티그에게 괴짜 같은 유머 감각과 장난을 향한 애호를 고스란히 물려준 엄마가.

그해 티그와 함께 공연을 기획하던 라디오 진행자 아이라 글라스는 이 일련의 불행을 라이브 무대에서 이야기해보면 어떻겠냐고 제안하고, 티그는 이 제안을 내심 불쾌하게 여긴다. 그게 뭐가 웃기다는 거지? 자신의 질병도 사랑하는 이의 죽음도 유머의 소재로는 적합하지 않다고 생각한 티그는 아이라 글라스의 제안을 거절한다. (하지만 난 자꾸만 이런 오프닝을 하는 티그를 상상하고 마는 것이다…. 여러분 왜, 다들 공감하실 텐데, 그럴 때가 있잖아요, 우리가 병으로 말라가고 엄마는 죽었을 때. 그럴 때 정말 짜증나지 않아요?)

그리고 2개월 후, 티그는 유방암 진단을 받는다. 티그의 양쪽 가슴에서 모두 혹이 발견된다. 실로 좆같은 순서와 텀과 강도의 불행. 병원을 나서고 눈물을 흘리며 거리를 걷던 티그에게, 코미디 클럽 'Largo'의 사장이 문자를 한 통 보내온다. "내일 쇼 예정대로 하는 거야?" 티그는 생각한다. 자신이 그토록 사랑해 마지않는 코미디, 그걸 한 번이라도 더 하고 싶다고. 티그는 답한다. "응."

티그의 말에 따르면, 암에 걸리고 나니까 모든 게 그렇게 웃길 수가 없었다고 한다.

그래도 좋은 게, 우리가 이건 항상 믿어도 돼.

하느님은 우리가 감당할 수 없는 시련은 우리에게 안기지 않으시거든.

…난 자꾸 상상해보게 되네. 하느님이 이러는 거야.

"야 있잖아, 내가 볼 때, 쟨 쫌 더 겪을 수 있을 것 같애."

당시 무대 뒤편에서 대기하던 빌 버, 에드 헬름스, 루이 C.K. 같은 티그의 동료들은 자신들이 역사적인 공연을 목격하고 있는 중이라는 걸 알았다고 회고한다. 앞사람이 너무 잘해서 다음 차례가 자신이라는 것도 잊은 채 관객이 되고 마는 그런 쇼가 아주 드물게 있다고. 티그는 기립박수를 받으며 무대를 마친다.

이 공연은 티그의 삶을 영영 바꿔놓는다. 공연 직후 SNS를 통해 티그 노타로에 관한 증언이 널리 퍼져나가고, 이 공연의 녹음 기록은 《Live》라는 앨범으로 제작되어 불티나게 팔린다. 각지의 암환자들이 티그에게 감사와 응원을 전한다. 심각한 병을 가진 사람들이 빠르게 잃어버리곤 하는 자유, 바로 자신을 농담거리로 삼을 자유를 티그가 보여주었기 때문이다. 굵직한 잡지와 예능 프로그램, 뉴스 채널에서도 이 '암으로 웃기는 여자'의 이야기를 들어보기 위해서 티그를 초대한다. 티그는 그렇게 온 나라가 사랑하는 코미디언이 된다.

하지만 내가 티그의 이야기에서 가장 좋아하는 부분은 여기가 아니다. 반대로, 나는 티그의 이야기를 여기까지만 알고 있는 사람, 비극 앞에서 우리는 유머 감각을 가져야 하는구나 정도의 깨달음을 얻고 만족하여 뒤돌아선 사람과는 동석하지 않을 것이다. 혹여나, 잠깐의 오해라고 할지라도 우리가 취향을 공유하는 인간으로 묶인다면… 부디 그런 일은 일어나지 않기를 바란다…. 내 생각에 그런 사람들이 티그의 다큐멘터리에 이런 시놉시스를 다는 게 아닐까 싶다.

코미디언 티그 노타로. 2012년 스탠드업 코미디 무대에서 자신이 암 진단을 받은 것을 발표했으며, 이를 유머로 승화하여 많은 관객의 심금을 울리고 웃겼다.

아니다. 나는 이런 이야기를 하고 싶은 게 아니다. 내가 이 코미디언을 좋아하게 된 것은 '암을 유머로 승화'하고 난 이후의 일들 때문이다.

언론의 주목을 받고 나서, 공연자로서 티그는 아주 난감해진다. 티그를 게스트로 초청한 무대가 열릴 때마다, 그를 소개하는 사회자는 관객들에게 마치 이만한 횡재가 없을 거라는 듯 고개를 가로저으며 바람을 잡았다고 한다. 이거~ 이거~ 아주 특별한 코미디언이 우리를 찾아왔는데요~. 무대에 오르길 기다리던 티그는 그 속 모르는 소개말을 들으며 생각하길, '그… 그만…. 조용히 해…. 소재가 떨어졌다고….'

티그가 더는 뭘로 웃길 수 있을까? 어떻게 더 참신할 수 있을까? 심지어 또 암에 걸린다고 해도 본전을 찾을까 말까인데. 게걸스러운 관객들은 아우성칠 것이다. 에이, 이건 했잖아요, 다른 거 없어요? 더 치명적인 배신도 상상해봄 직하다. 저 인간의 인생은 '지나치게' 불쌍해져버렸으니까 더는 웃지 말자며 관객들을 타이르는 도덕군자가 객석에 출몰하는 일…. 남을 웃겨서 먹고살기로 한 티그에게 그보다 더한 모욕이 있을까? 티그는 이 곤경을 어떻게 빠져나갈 수 있을까?

이제 내가 티그에게 반한 장면을 소개할 차례다. 오래 기다리셨다. 한 쇼에서 티그는 말하다 말고 핸드폰을 본다. 엄지로 스크린을 틱틱 두드리고 시선을 떨어뜨리면서 말하는 둥 마는 둥 공연을 이어간다.

내가 지금 진짜 잘하고 싶거든…. (틱틱) 그래서… (틱틱) 다들 암 얘기를 좋아하는 것 같더라고…. 오, 누가 사진을 보냈네….

관객들은 불시에 부재중이 되는 티그를 가만히 기다려

야 하는 입장에 놓이고, 그 성의 없음에 폭소한다.

티그는 무대 위에서 무대를 떠난다. 배신당하기 전에 먼저 배신한다. 그는 온몸으로 이렇게 말하는 것처럼 보인다. 더 할 말이 없어. 더 잘할 수 없어. 더 웃길 수 없어. '암으로 농담할 수 있음'으로 유명해진 티그는 이제는 '암 농담 또 할 수 없음'으로 웃기게 된다.

사도 활도 걸고 웃기기로 한 이상, 삶을 관통하는 태도로서 농담을 선택한 이상, 티그는 멈출 수 없다. 나는 티그가 불행이 있었지만 그걸 유머로 승화할 수 있었으므로 행복하다고 말하지 않아서 좋다. 그가 긍정적으로 변하지 않아서 좋다. 암을 이겨낸 것만으로는 그의 삶이 충만하지 않아서. 티그의 삶이 계속되었으므로, 암에 걸렸다는 곤경 다음에는 더 이상 암 농담보다 죽여주는 농담을 할 수는 없다는 곤경이 이어진다는 점, 그게 그에겐 더 결정적인 시련일 수도 있다는 점이 좋다. 그가 그렇게나 오만하고 자존심이 세다는 게, 그가 그렇게나 지독하게 예술가라는 게 좋다.

×

난 이제는 레즈비언도 나한테 딱 맞는 정체성인지 모르겠어.

이 자리에서 커밍아웃 하는 게 좋겠다.

나는 뭐냐면….

지친 사람이야.

한편, 더 이상은 자신을 농담거리로 만들지 않기로 결정한 코미디언이 있다. 그는 해나 개즈비다.

해나 개즈비에 대한 풍문을 들으면서, 그의 코미디는 좀 뻔할 거라고 생각했다. 그의 쇼를 본 적이 없으면서도 그랬다. 웃었다는 사람보다 울었다는 사람이 더 많은 미궁의 코미디. 해나 개즈비는 1997년까지만 해도 동성애가 '불법'이었을 정도로 보수적인 호주의 섬 태즈메이니아에서 레즈비언으로서 수치심에 절여진 청소년기를 보냈다. 그 결과 그는 고향의 뿌리 깊은 동성애 혐오를 내면화하고, 자기비하 농담을 생존의 기술로서 터득했으며, 거기에 너무 뛰어났던 나머지 그런 농담을 하는 일을 직업으로까지 삼아버렸다. 그는 이제 자신을 위해서도, 자신과 동일시할 그 누군가를 위해서도 더 이상은 자신의 트라우마를 농담의 형태로 다루지 않겠다고 선언한다. 관객들은 해나에게 뜨거운 박수를 보낸다. 유독한 코미디를 지양하는 것을 넘어, 코미디의 유독함이 폭로되기를 기다려온 사람들이 많았던 모양이다.

해나 개즈비의 〈나의 이야기Hannah Gadsby: Nanette〉에 관

한 찬사에는 유독 '깨달음'이나 '위로'라는 표현이 자주 등
장한다. 해나 개즈비가 이 쇼의 중반쯤 순수예술과 코미
디를 비교하면서, 코미디는 사람이 고양되거나 교화되지
않는 장르라고 짚었던 점을 생각한다면 이 현상은 특히
흥미롭다. 관객들은 분명히 〈나의 이야기〉 이후의 우리가
더 나은 사람이 되었다고 말하고 있었기 때문이다.

> 뭐, 갤러리, 발레 공연, 극장, 이런 데 말이야.
> 그런 데 가면, 사람이 더 나아지지.
> 미안한데 하나 꿍지하자면, 여기 있는 사람들은 아무도 더
> 나은 사람이 되어서 나가지는 못해.

안 봐도 뻔한 거 아닌가? (당연히 안 보면야 모든 게
뻔한 것이다.) 코미디 공연보다는 TED 강연에 가까울, 폭
소보다는 기립박수로 끝나는 쇼일 것. 넷플릭스에는
그런 감동적이고 계몽적인 프로그램이 차고 넘친다. 관
객들도 웃기야 하겠지만 정말 웃겨서 웃는 경우는 아닐
것이다. 그보다는 지적 흥분감이 좋아서 허허, 하든가 아
니면 연설자를 응원하려고 와아, 하는 방식으로 웃겠지.
스탠드업 코미디는 다 별로지만 해나 개즈비만큼은 좋았
다고 말하는 사람들에게는 앞질러서 서운함마저 느끼곤
했다. 너답지 않아서 좋다는 말이나 마찬가지라고 생각

했다. 코미디를 사랑하지 않는 사람들에게서만 사랑받을 수 있다면, 해나 개즈비의 코미디는 코미디로서는 실패한 게 아닐까? 해나 개즈비는 괜찮았을까? 웃기지 않아서 좋다는 말을 듣고도? 어림잡아 15년은 몸담은 장르일 텐데….

그러나 이것은 모두 〈나의 이야기〉를 보기 전의 이야기다. 처음 〈나의 이야기〉를 끝까지 시청했을 때 나는 해나 개즈비의 지휘, 내지는 인도, 내지는 조종에 몸을 내맡긴 채로 눈물을 줄줄 흘렸다. 아름다운 악몽에 사로잡힌 사람처럼 울면서 아무것도 하지 않았다. 두 번째로 〈나의 이야기〉를 볼 때는 그의 말을 받아 적었다. 먼 나라의 말을 독수리 타법으로 받아 적으면서 생각했다. 역사적인 명연설의 리스트, 심지어 독재자들도 종종 포함되는 그 출중한 연설가의 리스트에 해나 개즈비의 이름도 올려야 한다고… 선전선동은 바로 이렇게 하는 거라고… 그리고 이번엔 그 연설가가 우리 편이라고….

해나 개즈비에 대한 나의 예측은 세 번 엇나갔다. 첫 번째로, 해나 개즈비는 웃겼다. 능란하게 웃겼다. 쇼의 도입부터 전반부까지, 해나는 '레즈비언 농담'과 '농담에 웃지 않는 레즈비언 농담'을 쉴 새 없이 던진다. 관객들도 마음 놓고 웃는다. 그것이 해나가 예비한 죄의 길인 줄을 꿈에도 모르고서.

두 번째로 해나 개즈비가 웃기기에 실패했다기에는 그는 웃기기 자체를 목적하지 않았다. 그는 웃음을 불허했다. 쇼의 중후반부부터 그는 적극적으로 웃음을 막거나 묶어두곤 했다. 해나가 진지한 연설가가 아니라 코미디언이었기 때문에, 웃음의 동학을 잘 알기 때문에 그렇게 할 수 있었다.

농담을 핵심만 남겨놓고 홀딱 벗겨서… 그 최소한의 구성 원소를 보면 말이야, 농담이란 딱 두 가지야. 두 개만 있으면 돼. 떡밥 그리고 한 방. 본질적으로 농담은 깜짝 놀랄 만한 대답이 기다리는 질문이야. 그치? (…) 긴장. 난 그걸 조장하는 거야, 그게 내 일이야. 내가 너희를 긴장하게 만들고, 그다음에 웃게 만들면 너희는 이러지. "휴, 감사합니다. 좀 긴장할 뻔했네요." 내가 긴장하게 만든 거라니까! 이건 폭력적인 관계야.

코미디쇼에서는, 이야기의 제일 좋은 부분을 들려줄 틈은 없다고 느껴. 이야기의 결말 말이야. (…) 이야기는… 농담이랑 다르게 세 부분으로 구성돼. 시작, 중간, 끝. 농담은 딱 두 부분이지. 시작과 중간.
하지만 난 나의 이야기를 제대로 할 필요가 있거든….

세 번째로 그의 쇼는 감동적이지 않았다. 고통스러웠다. 그는 종종 이렇게 말하는 것처럼 보인다. 이것 보세요, 웃으시네요. 이것 보세요, 이제 웃지 못하시네요. 관객의 눈은 관객 그 자신을 보러 돌아오고 관객들은 이제부터는 반성적으로 생각해야 할 위기에 놓인다. 우리가 해나와 맺었다고 생각한 관계에 대한 불안이 점차 고조된다. 쇼는 계속되고, 해나는 조금 전 관객들을 폭소케 한 레즈비언 혐오자 이야기의 결말을 들려주며 절규한다.

자기 여자친구에게 집적댄다고 나한테 시비 걸었다가 내가 여자라는 걸 알고 돌아갔던 그 남자 기억해? 사실 그 이야기는 이렇게 끝나. 걔는 가지 않았어. 돌아왔어. 돌아와서 말했지. 아, 그러니까 너는 여자 호모구나? 그리고 나를 쥐팼어. 아무도 도와주지 않았지.

지금 이 긴장, 이제 너희 거야. 더는 내가 도와주지 않을 거야. 이게 어떤 느낌인지 너희도 배울 필요가 있어, 왜냐면... 왜냐면 이 긴장이 바로 '비정상'들이 항상 품고 다니는 긴장이거든.

몇 군데에서 옅은 박수가 터진다. 해나를 (감히) 응원하려는 박수겠지만, 그 박수는 이렇게도 들린다. 제발 좀 빨리 끝내. 박수를 쳐서 이야기의 끝을 정할 수 있는지, 그럴 힘이 관객에게 있는지 시험해보려는 것처럼. 누군 가는 진심으로 화가 났을 것이다. 관객에게 잘해주지 않을 거라면, 대체 왜 공연을 하려고 하는가? 또는 황급하게 죄책감을 털어내고 연대 의식을 증명해 보이려는 손짓처럼도 들린다. 어느 쪽이든 박수는 이야기를 이어가는 해나에 의해 끊어진다. 그럴 힘이 해나 쪽에 있다.

터질 것 같은 적막. 아무 음을 지니지 않고도 마치 이명처럼 당신을 붙들고 놓아주지 않는 적막. 해나가 평생에 걸쳐 견뎠다는 그 긴장을 해나와 관객이 함께 견딘다. 이제 아무도 웃지 않는다.

해나 개즈비는 이 쇼 〈나의 이야기〉를 여러 번 무대에 올렸다. 고향인 호주에서 여러 번, 영국의 프린지 페스티벌에서 한 번, 뉴욕에서 한 번, 몬트리올에서 한 번, 시드니 오페라하우스에서 한 번. 우리가 넷플릭스에서 편하게 시청할 수 있는 〈나의 이야기〉는 마지막 장소인 시드니 오페라하우스에서 촬영된 것이다.

해나는 매 공연마다 똑같이 말할 수 있었을까? 퍼포머로서 매번 똑같은 구간에서 잘 계산된 한숨을 쉬고 스스로 목이 메게 하는 데 성공했을까? 관객들이 모면의 박수를 친 타이밍도 같았을까? 모두 내가 본 회차처럼 잘

했을까? 그렇다면 그런 게 어떻게 가능했을까? 이런 생각을 하면 억장이 무너진다. 그가 너무 많이 반복했을 가능성 때문에. 매 반복이 새로이 다시 사는 상처였을 가능성 때문에.

×

그러나 내가 해나의 쇼를 세 번째로 본다면, 비로소 눈물을 닦으면서 이렇게도 생각해봄 직하다. 솔직히 해나 개즈비가 관객한테 좀 너무하지 않았나? 그냥 자기 이야기로 농담을 안 만들었으면 되잖아….

해나가 반복할 수 있다는 건 해나의 진실이 유일하지 않을 수도 있다는 뜻 아닐까? 해나는 매 공연마다 똑같이 믿었을까? 여성으로서, 퀴어로서 입은 트라우마를 펀치라인으로 사용해버리는 동안 배우는 닳아 없어질 뿐이라고만 믿었을까? 다른 진실은 없을까? 그의 압도적인 카리스마는 거의 뛰어난 독재자들을 생각나게 할 지경이었는데, 영민한 퍼포머인 그는 자신이 그 순간 쥐고 있던 힘에 대해서는, 그 권력으로 초래할 수 있는 트라우마에 대해서는 어떻게 생각했을까? 코미디언으로서 그가 입은 상처가 있다면, 코미디언으로서 그가 입힌 상처도 있지 않을까?

코미디 무대에 서는 경험을 통해서, 나는 그가 자신이 휘두르는 힘을 두려워하며 〈나의 이야기〉를 만들었을 거라고 확신하게 되었다.

스탠드업 코미디 공연을 해보고 싶다는 꿈이 이루어진 건 6년 전의 일이다. 2020년의 어느 날, '지금아카이브'의 수장인 김진아와 대강 이런 대화를 나눴던 것 같다.

스탠드업 코미디 한번 써보지 않을래?/ 나? 너무 좋지! 누가 하는 대본인데? 진짜 잘 써줄게./ 응? 너. 네가 하라구….

1인 코미디 모음극 〈코미디캠프〉는 그렇게 만들어졌다. 연출인 김진아, 배우인 김은한, 신강수, 배선희, 안담 이렇게 다섯이서 2024년까지 총 네 번의 공연을 올렸다.

2022년 〈코미디캠프〉의 주제어는 '파워게임'이었다. 파워게임에서 우리의 질문 중 하나는 이런 것이었다. 광대가 약자일까, 관객이 약자일까? 웃기는 사람과 웃는 사람 중 권력은 어느 쪽에 있을까?

샹들리에가 있는 궁정 한가운데, 세 갈래로 벌어진 삼색 고깔모자와 앞코가 휘어진 신발을 신고 왕의 심기를 거스르지 않을 정도로만 재치를 구사하는 궁정 광대를 떠올리면 확실히 광대 쪽이 힘없는 사람처럼 느껴진다.

반면, 핀 조명을 받아 반짝이는 배우의 얼굴을 올려다

보는 관객의 눈동자를 생각하면, 어두운 극장에 갇혀 화장실을 가도 되는지 아닌지 천 번쯤 고민하면서 끝날 때까지는 끝나지 않는 움직임을 보고 있어야 하는 그들의 상황을 생각하면 확실히 관객 쪽이 힘없는 사람처럼 느껴진다.

네 명의 배우가 어떤 가정을 택해 자신의 대본을 쌓아 올릴지는 자유에 맡겨졌다. 서로의 수를 예측하고 기대하고 또 그 기대를 배반하려는 쓰기의 시간이 지나고, 대망의 시연 날이 되었다.

은한은 오늘 자신이 '재밌게 해줄 사람의 리스트'에서 어떤 관객의 범주를 지워버렸다. 가령 내 친구들은 이미 날 좋아하니까 웃기는 보람이 없어서 뺀다는 식으로. 이어서 나의 경우에는 나는 오늘 공연을 하지 않을 것이고, 여러분이 그에 관해 할 수 있는 건 아무것도 없으며, 바로 거기에 나의 존엄이 있다는 말로 무대를 열었다. 여자니까 그래도 된다면서. 또 다른 여성인 선희는 별안간 스스로를 칼로 찌르는 망상 속으로 저벅저벅 걸어 들어간 뒤 좀체 객석 쪽으로 나오지 않았다. 선희가 위험천만한 칼춤을 추는 것을 관객은 뜨악하게 지켜보는 수밖에 없었다. 마지막으로 강수는 저신장 장애인인 자기가 코미디를 하면 웃는게 아니라 감동을 받는 관객에게 질린 나머지 은퇴를 하겠다고 선언했다.

　모두의 시연이 끝나자 자꾸 웃음이 났다. 하나같이 무대를 어떤 방식으로든 떠난다고 큰소리치는 공연을 준비해 오다니. 우리는 무대 위가 아니면 권력을 쥐어볼 수가 없다는 듯이 헐레벌떡 칼을 쥐고, 일단은 관객을 서운하게 만들어보고 싶어 했다. 오늘 정말로 열심히 하겠다고, 확실히 만족시켜드리겠다고, 제발 떠나지 말아달라고 말하는 사람은 아무도 없었다.

　네 사람의 이야기 중 세 개가 직접적으로 사회적 약자로서의 당사자성을 대본 구상의 시작점으로 잡고 있었음에도 불구하고, 임의적인 파워가 주어지는 즉시 우리는 강자 행세를 했다. 일단은 객석에 웃음을 주지 않기로 결정한 것이다. 아직 그런 장난을 주고받을 만한 사이가 아닌데 실망부터 시키고 싶어 했다. 우리는 가정 속에서라도 객석이 우리에게 줄 사랑과 신뢰를 당연시할 뿐만 아니라 등한시할 수 있는 위치에 한번쯤 가보고 싶어 했다. 짓궂게 굴고 싶어 했다. 그러고도 우리가 더 약자라고 생각했다. 누군가에게 웃음이라는 최상의 만족감을 주기 위해 애써야 한다는 사실을 못내 억울해했고, 초면에 서운함을 표현하고 싶어 했다. 객석을 위한 다디단 복수 또는 보상이 예비되어 있다는 빌미로(견뎌봐, 곧 내가 잘해줄 테니까…). 우리는 힘을 휘둘러보고 싶었고, 그렇게 하고도 사랑받을 수 있는지 확인받고 싶었다.

물론 언젠가는 그런 걸 할 수 있을지도 모른다. 넷플릭스에서 김은한 스페셜, 신강수 스페셜, 배선희 스페셜, 안담 스페셜 같은 걸 제작해준다면…. 가령 안담을 사랑까지는 하지 않더라도, 안담을 보러 오기는 했다는 공통점을 공유하는 공동체가 기다리고 있다면. 폭군 같은 태도로 "여러분, 그래 봤자 저 보러 오신 거잖아요?"라고 물었을 때 음, 아니진 않지, 하고 배시시 웃는 것이 최소한의 반응으로서 보장된 그런 무대가 있다면. 그러면 우리는 찬란한 약속의 땅으로 가기 위한 시련을 함께하는 임시적인 공동체를 만들 수도 있다.

하지만 아직은 아니다. 내가 객석을 향해 '여러분 저 보러 오신 거잖아요?'라고 물었을 때 어떤 관객은 '아니야 사실 김은한을 보러 온 거였다고…'라고 답할 가능성이 농후하다. 열심히 빌지 않으면, 나는 손님 하나를 잃게 된다. 이게 다 연기였다는 걸 알기 전에 관객은 떠나고 말 것이다. 내게 막 대해진 경험만을 안고서…. 그리고 나는 영영 사과할 기회가 없을 것이다…. 그리고 그건 너무나 마음 아픈 일이다.

한 번도 만나지 않은 관객과도, 만나는 연습을 오래 하면 신뢰가 쌓인다. 연습을 거듭할수록, 한 달 후에나 나타나기로 예정되어 있는 미래의 관객과 나의 관계는 두터

워진다. 내가 당신을 모를 리 없다. 우리는 너무 많은 이
야기를 나누었으니까.

　두 번째 연습 날이었나, 당신도 그날 나의 시연을 기억
할 것이다. 나는 농담을 지나치게 많이 설명하려고 했었
다. 당신은 방금의 시연은 과하게 친절하다고, 이해받을
거라는 확신이 없는 코미디언의 마음이 투명하게 들여다
보인다는 점을 염려하면서, 그렇게 애쓰지 않아도 충분
히 즐거울 거라는 피드백을 주었었고, 나는 아주 어렵사
리 그 사실을 믿으려고 노력했었는데⋯ 그리고 조바심 내
지 않고 장난을 걸기로 결심했었는데⋯.

　그다음 시연에서 나는 아주 거만하게 굴어보기로 했
다. 오늘은 1분만 할 거라는 둥, 오늘 여러분은 공연을 보
실 수 없다는 둥, 이름이 '파워게임'이나 되는 현학적인 무
대와 나 같은 질 낮은 농담꾼은 맞지 않아서 그만 나갈
거라는 둥, 작정하고 당신을 괴롭혔다. 나는 필수적인 힌
트조차 주지 않으면서, 곧 즐거우리라는 보장도 없이 기
다리는 당신을 한참 동안이나 외롭게 했다. 시연이 끝나
고 당신은 말했다. 이번에는 더 설명할 필요가 있었어요.
실은 아까 조금 상처받았어요. 나는 미안해서 어쩔 줄을
몰랐다. 시간이 조금 지난 지금에 와서는 "상처받았다"는
그 과거형의 문장이 나도 상처 입혔다고 말하고 싶다. 다

달래줄 계획이었어요. 실패했지만요. 잘만 했다면 서운했
는 줄도 모르게 되셨을 거라니까요. 또는 이렇게 말하고
싶다. 나는 얼마든지 당신을 위해 멈출 수도 있었어요. 당
신이 상처받기 전에 말해주었다면요. 하지만… 당신도 그
걸 알 도리가 없었겠죠? 미안해요.

우리는 한 달 반이나 그런 짓을 했다. 당신의 어떤 부
분과 나의 어떤 부분이 서로에게 영영 알려져버리고, 우
리만의 암호를 만드는 나날이 지나고, 그 암호들은 쌓이
고 또 쌓여서 하나의 언어권을 이루고….

그리고 마침내 당신을 처음으로 만나는 날이 온다. 당
신은 극장 문을 연다. 티켓을 수령하고 객석을 향해 걷는
다. 이제 당신이 거기에 앉아 있다. 내가 누군지 전혀 들
어본 적이 없다는 천진한 얼굴로.

코미디언은 관객을 이미 사랑하는 채로 무대에 올라간
다. 그것이 코미디언을 약자로 만든다. 사랑하는 만큼 사
랑받고 싶어서. 코미디언은 방어적이 된다. 우리 만난 적
있잖아요. 그렇게 물어도 관객은 도통 영문을 모르겠다
는 입장이다. 이 오해는 곧 걷잡을 수 없이 우리의 사이
를 갈라놓는다. 우리는 끝내 버림받을 예정이다.

경애하는 벗이자 위대한 코미디언인 김은한의 프로덕
션, 1인 극장 '매머드머메이드'의 모토는 이것이다. '모든

기회를 위기로.'

×

　놀랍게도 〈파워게임〉은 개와 함께한 공연이었다. 개하고 같이 무대에 오르자는 이 정신 나간 계획에 아무도 제동을 걸지 않았다는 점이 새삼 고맙다. 내가 준비한 대본은 이런 내용이었다. 나 없이는 아무것도 못하는 개 때문에 개 없이는 아무것도 할 수 없어진 여자의 이야기. 심지어 나는 내 공연의 부제를 '우리 개는 파워개임'이라고까지 붙여버렸다.

　나의 개 무늬는 생존자다. 그는 동물권행동 카라가 여주 왕대리 도살장에서 구조한 33명의 동물 중 하나다. 지금 그는 타고나길 멋지고 정중한 개처럼 보이지만, 당시에는 내가 없기만 하면 그 모든 늠름함을 잃어버리고 망연자실에 빠져 사고를 치는 귀엽고 답 없는 개였다.

　산책을 나갈 때마다 말, 말, 말들이 사방에서 화살처럼 날아왔다. 알고 보니 세상은 이 작달막한 여자와 커다란 개에게 절망을 주는 일을 가벼운 스포츠 삼는 보행자들의 천지로 밝혀졌다. 개한테 마스크를 해야지 마스크(아마 입마개를 말하시는 것 같다). 엄마가 너무 쪼끄맣네. 아무것도 못하겠네. 엄마랑 개랑 사이즈가 똑같네(그 정도 아니거든요). 저렇게 키우면 안 되는데(아직도 내가 어떻게 키운다는 건지 이해하지 못했다). 개똥 치우라고, X년아(개똥을 치우고 있던 나에게)! 씨발노무개새끼(간식 먹는 무늬에게). 왈왈왈왈! 멍멍멍멍! 헥헥헥헥(놀랍게도 사람이 개를 향해 짖었다, 그 반대가 아니고)!

오토바이 배달 기사가 나와 무늬를 바짝 쫓아오며 개 짖는 소리를 내던 날에, 나는 무늬를 지켜야 하는 것이 나인 줄을 뻔히 알면서도 무늬의 목줄을 풀어 그 남자를 물게 하는 상상을 하고 말았다. 무늬와 다니면서는 별 게 다 미웠다. 부모들과 아이들도 미웠다. 왜냐하면 아이의 손을 잡고 함께 걷는 부모들은 무늬를 보면 어디서 맞춰본 듯이 이렇게 말하곤 하기 때문이다. "저기 봐, 저기 봐, 달마시안이네에-!" 그러면 아이들은 깨달음을 얻은 듯이 "백한 마리이이!!"라고 외치며 무늬 쪽으로 손을 뻗곤 했다. 그러나 그 고사리 같은 손의 움직임마저 우리를 향한 손가락질로 느껴지는 날이 있다. 그런 날 나는 속으로 백한 번 정도 이렇게 되뇌면서 걸음을 빨리하곤 했다. '달마시안 아니라고요 시팔….'

그렇게 무늬와 나에게는 점점 서로밖에 없게 되었다. 세상이 나를 우습고 못 미덥게 여기는 정도에 비하면, 내가 연출하려는 리더로서의 당당함과 단호함의 정도는 한참 모자랐던 것일까? 무늬는 나를 혼자 두지 않으려고 했다. 자기를 집에 두고 나 혼자 외출하려는 모든 시도를 막아서려는 듯 온 힘을 다해 분리불안을 표출했다. 무늬가 온 이후로 한 달 정도까지 나는 분리수거를 하러 나가는 것도 두려워하고는 했다. 무늬의 짖는 소리로 온 건물이 흔들릴까 봐.

안팎은 '웃음을 먹고 살기'라는 코미디캠프의 리뷰 글에서 나와 무늬의 관계를 이렇게 묘사한 바 있다.

안담만 있으면 된다, 는 말은 곧 안담은 꼭 있어야 한다는 뜻이어서 그는 이제 혼자서는 외출을 할 수 없는 몸이 되었다. 유일한 방법은 이렇게 무대에까지 무늬를 데리고 올라오는 것이다. 무늬는 여기에도 오로지 그만 있기를 바라는 모양이다.

이런 무늬와 함께 연극을 하는 일은 거의 불가능에 가까웠다. 일단은 연습실로 출근하는 것부터가 어불성설이었다. 무늬를 개모차(세상엔 이런 물건이 있다)에 넣고 혜화로 가기 위한 지하철을 타려면 봉화산 방면 승강장으로 내려가야 했다. 그러나 새절역 지하철에는 독바위 방면에만 엘리베이터가 있고 봉화산 방면에는 없었다. 계단을 이용해야만 했다. 나는 개모차에서 무늬를 꺼

내 무늬와 나를 연결하는 줄을 허리에 묶고, 개모차를 번쩍 들었다. 개모차의 사이즈 때문에 한 치 앞도 보이지 않아 한 걸음, 한 걸음을 감에 의존하는 수밖에 없었다. 내 허리에 묶인 무늬는 철마가 내는 굉음을 불안해하며 계단을 내려가는 내 앞에서 왔다 갔다 움직였다. 아마 그걸 지켜보는 사람들도 불안했을 것이다. 저 개가 빙빙 돌고, 저 여자의 다리가 줄로 꽁꽁 묶이고, 저 괴상한 물체가 굴러떨어지고, 저 여자도 굴러떨어지고… 그런 상상이 충분히 가능했다.

나는 무늬와 함께 살기 위해 무늬에게 줄을 매었다. 내가 몰랐던 것은, 그 순간 무늬도 내게 줄을 맨다는 사실이었다. 우리 가족으로 묶이자는, 문자 그대로의 언약. 이토록 평등한 홍연(紅緣). 이 연극이 대체 어떻게 올라갈 수 있었던 것일까. 아직도 잘 이해가 가지 않는다.

×

요즘 저의 유일한 낙이 뭔지 아세요? 무늬 산책시키면서 담배 피우는 거예요…. 실제로 어으 냄새, 이러면서 지나가시는 분들도 계세요. 그 표정을 보면은 마음이 정말 얼마나… 기쁜지 몰라요. 내가 아직 세상에 끼칠 수 있는 영향력이 남아 있다는 사실이… 그게 저한테 남은 유일한 힘이에요….

　이게 다 사랑해서 그래요. 뭔갈 사랑하면 사람은 보수적이
됩니다. 여러분은 사랑이 뭔가를 확장해준다고 생각하시죠?
그렇지 않아요. 더 많은 존재와의 연결… 꿈도 꾸지 마세요.
사랑은 여러분을 편협하게 만들고요, 결정적으로 세상을
미워하게 만듭니다.

　내가 그 공연에서 무엇을 보여주었다고 말해야 할지
아직도 잘 모르겠다. 무늬의 컨디션에 따라서 정말 매 회
차가 달랐기 때문이다. 무늬는 무대 위에 둔 개모차에 들
어가길 거부하기도 하고, 목줄을 끊어 먹기도 하고, 낑낑
거리다가 짖기도 했다. 무늬를 달래려고 노력하다가 무
대에서 몇 번이나 도망치고 싶었다.
　그렇게까지 무늬가 내 삶의 주인공이라고 주장하는 공
연을 만들어놓고도, 나는 내심 무대에서만큼이라도 내가
주인공이 되고 싶었던 것 같다. 어떤 날엔 공연을 방해하
는 무늬가 얄미웠다. 얄밉고 분해서, 애저녁에 리듬이 끊
긴 농담을 꿋꿋이 이어가고는 장렬히 실패한 적도 있다.
가령 이런 농담.

　무늬가 저를 사랑하다 보니까, 남자들을 미워하게

됐어요…. 무늬는 젠더를 횡단하지 않아요. 무늬는 젠더를 종단하는 갭니다.

(무늬에 의해 한참이나 시간이 지연된 뒤에… 태연하려고 애써 노력하면서) 그래서 어디까지 했죠? 그래… 젠더… 젠더 종단이었죠. 맞다, 그래서 우리 퀴어따리 친구들 중에서는 혹시 자기가 어떻게 패싱되나 궁금한 사람이 있을 거예요. 그런 분들은 저희 집에 놀러 오시면 됩니다. 젠더가 닿기도 전에 무늬가 딱 정해줍니다.

(안쓰러워하는 사람들의 박수 소리….)

공연은 매번 달랐지만, 공연을 마친 후의 풍경은 언제나 비슷했다. 팀원들과 피드백을 나누고, 무대 위의 개모차를 지하 공연장에서 밖으로 꺼낸다. 잠깐 극장 앞에서 쉰다. 무늬의 목줄을 왼손에 쥐고, 오른손으로 담배를 한 대 피운다. 이제는 얄밉도록 얌전한 무늬를 개모차에 넣고, 개모차를 밀며 삼각지역 엘리베이터를 향해 걷는다. 내가 들을 거라고 기대하는지 듣지 못할 거라고 기대하는지 모를 사람들의 목소리가 우리를 에워싼다. 씨발년. 달마시안이다! 누가 지하철에 개를 데리고 타.

방금 전까지 이 모든 이야기를 무대에서도 했는데. 지금은 내가 누군가에게 전화를 해서 무늬 이야기를 한다면 그냥 미친 여자의 하소연에 지나지 않을 것이다. 삼각

지역 엘리베이터 앞에서 개모차를 끌고 누군가의 나지막한 '미친년' 소리를 들으면서, 나는 내가 무대에서 거짓말을 하지 않았다는 것을 알았다.

미친년과 불안한 개는 걷는다. 엘리베이터를 향해서, 계단을 향해서. 장애인들의 투쟁으로 어렵게 만들어진 바로 그 엘리베이터를 개를 위해 이용하는 것에 대한 부채감을 잠시 모른 체하기로 결정하면서. 남들이 미워할 정도로 꼿꼿하게 고개를 쳐든 여자, 부끄러운 줄 모르는 여자가 되어서. 미친년이라고 손가락질하는 사람 쪽으로는 조금도 시선을 주지 않으면서, 힘차게 걷는다. 미친년은 개모차를 머리 위로 번쩍 들면서 생각한다. 희망찬 내일의 막이 오르면… 너는 나의 애드립이 된다 씹새끼야….

×

다시 계향에게로 돌아가보자. 농담을 한다는 건 슬픈 일이 있었고, 그렇지만 살아 있다는 의미라는 걸 알려준 계향에게로. 내게 일어날 수 있는 슬픈 일에는 이런 것이 있다. 내 우려보다도 자주 나는 아무도 아니다. 세상 속에서 어떤 의미 있는 무게도 좌표도 가지지 않는 것만 같다. 노력해도 돌이킬 수 없는 잘못, 백 번을 반복하고도 그 원리를 이해할 수 없어서 저지르는 백한 번째의 실

수. 누군가를 사랑하게 되어버리는 사고. 그러나 그는 나를 산뜻하게 무시하고도 잘만 사는 일. 그러다 나중엔 키워야 할 개까지 생긴다. 나는 아주 우스워진 느낌이 든다. 창피하다. 어쩌면 죽을 만큼 창피하다. 그러나 정말로 죽지는 않았다. 이 차이는 중요하다.

나는 계향에게 배운 코미디의 원리를 담은 문장을, 내 안에서 새 순서와 새 의미로 배치해본다. 우리는 대개 우습고, 그것은 슬픈 일이다. 그러고도 죽지는 않고, 죽지는 않는 한 우리는 그에 관해 농담할 수 있다. 또는 이렇게도 바꾸어본다. 우리는 대개 슬프고, 그것은 우스운 일이다. 그에 관해 농담하는 동안은 우리는 죽지 않는다.

그러니까, 웃어넘기지 않을 수는 없을까? 웃어서 남길 수는 없을까? 웃고도 산다는 걸 똑똑히 보여주는 방식으로 위협적일 순 없을까? 파하하하하하하하하! 입이 찢어질 만큼, 배가 터질 만큼 웃고도 산다고, 아니 바로 그 때문에 우리는 산다고 말할 순 없을까? 우스울 때는 우습다고 말해볼 순 없을까?

아주 섹시한 개미는… 웃기지 않나?

연거푸 상대에게 고개를 숙이다가 뒤로, 점점 더 뒤로, 더 뒤로… 현관문까지 밀려나는 것. 그런 순간은 웃기지 않나?

여자들이 '죄송합니다'라는 말을 변형시키는 각자의

방식, 너무 죄송한 나머지 그 말들이 발성기관을 똑바로 통과하지 못하고 굴절되어버렸을 때 나는 소리들, 죄삼다, 쩨송합니다, …삼다, 졔송해윈… 그런 소리들은 솔직히 웃기지 않나?

아주 작은 잘못을 하고도 이마를 곧장 땅에 박아버리는 사람은… 웃기지 않나? 마늘을 청룡언월도로 자르려는 사람을 볼 때처럼.

아무리 운동을 해도 도통 건강해질 생각은 없어 보이는 영혼들과, 울면서 다운독 하는 사람, 사죄와 겸손의 귀재인 여성 작업자들이 둥그렇게 둘러서서 서로에게 사과하는 모양, 아무것도 아닌 실수에도 연거푸 조아렸다 일어들나는 모양이 마치 부채춤처럼 보이는 일도…. 그런 건 좀 웃기지 않나?

삶이 당신에게 레몬을 준다면….

웃기다.

어디서 레몬이 또 났대.

루이 C.K.에 관한 소고

아마도 2012년, 대중예술을 다루는 대학교 교양 수업에서 한 남자가 말하는 영상을 보았다. 남자의 행색은 볼품없었다. 중요한 일이 벌어질 것처럼 꾸며진 무대와는 대조적으로, 그 무대에 선 남자가 입은 것은 몸에 잘 맞는다고 보긴 어려운 청바지에 불룩한 배를 덮는 검은색 티셔츠가 다였다. 남자가 입은 티셔츠는 남자만큼이나 지쳐 보였다. 남자는 손바닥에 고인 땀을 그 티셔츠에만 수만 번 문질러 닦았을 것이다. 남자의 정수리는 반짝였고, 남아 있는 머리와 수염은 주황색이었다. 남자는 그 불쌍한 티셔츠가 또 한 번 다 젖을 정도로 연신 땀을 흘리면서 자신의 비참한 삶에 대해 죽도록 우스운 얘기들을 해댔다. 남자의 이야기들은 추잡하고, 저속하고, 인간적이었으며, 놀랍도록 현명했다. 객석은 열광했다. 관객들의 웃음은 전혀 자발적으로 보이지 않았다. 자신의 신체적, 감정적 반응에 대한 통제권을 타인에게 내준 채로 저렇게나 즐거운 시간을 보낼 수 있다니 너무 낭만적이지 않은지. 남자가 자기 이야기를 하는 방식에 나는 완전히 사로잡혔다. 저렇게 입고 저런 말을 하는 게 직업인 사람이 있다는 사실, 농담하고 웃기 위해서 기획된 무대도 존재한다는 사실이 인생 계획에 비추어준 한 가닥의 빛이 반가워서 나중에는 약간 코가 찡할 지경이었다. 그 남자는 스탠드업 코미디언이었고, 나는 언젠가 저 사람이 하는 일을 하고 싶다고 생각했다.

진즉에 눈치 챈 사람들이 있겠지만, 그 남자는 바로 루이 C.K.다.

2015년, 루이 C.K.는 최고의 스토리텔러에게 수여되는 모스상The Moth Awards을 수상하며 이런 이야기를 들려준다. 1994년, 코미디쇼의 작가로 일하던 스무 살의 루이 C.K.는 모스크바로 여행을 떠난다. 당시 러시아는 1991년 소련 붕괴 이후 이제 막 러시아로 태어나고 있던 혼란스럽고 음울한 나라였다. 위태로운 정치 체제, 극도의 경제 침체, 거리로 쏟아져 나오는 실업자와 부랑아들.

한때는 러시아 필하모닉의 수석 연주자였을지도 모르는 훌륭한 바이올리니스트가 지하철에서 버스킹으로 생계를 이어가고 있다. 어디서든 눈물을 흘리고 닦는 게 일상적이고도 자연스러운 사람들 사이에서, 루이 C.K.는 이 지하철 바이올리니스트의 연주를 듣고 있었다. 어느 순간 한 무리의 어린이들이 나타났다. 지저분한 얼굴에 바닥에 끌리는 성인용 코트를 입은 다섯 살에서 열 살 정도의 어린이들이었다. 루이 C.K. 옆에 앉아서 함께 연주를 듣던 한 남자가 그 무리의 대장 격인 아이를 부르더니 뭔가를 달라는 시늉을 했다. 남자는 말하면서 밑창이 떨어진 자기 신발을 가리켰다. 그러자 한 아이가 길다란 코트 소매 속에서 손을 쑥 내밀었다. 아이의 태연한 손에는 본드가 들려 있었다. 남자는 아이가 건넨 본드로 신발을 수선하고는 본드를 돌려주었다. 아이는 돌려받은 본드를 흡입하고 환각에 취한 채 가던 길을 갔다.

남자의 예측이 그토록 합리적이고 정확했다는 데 충격을 받은 루이 C.K.는 자기 또래로 추정되는 이 남자의 얼굴을 바라보고, 얼굴을 마주한 그들은 나란히 웃음을 터뜨린다. "이 나라의 비극이라는 게, 너무나 측량 가능하고 예측 가능했던 나머지, 그 남자는 이렇게 생각할 수 있었던 거예요. '내 신발이 망가졌는데, 저기 마침 아이들이 있네. 아이들은 분명 본드를 좀 들고 있을 거야. 냐면 이

나라는 완전 시궁창이니까.'" 루이 C.K.는 그 순간 자기가 러시아에 온 이유를 깨닫는다. 삶은 이 지경으로 나빠질 수 있구나. 그리고 이 지경으로 나빠졌을 때에도 삶은 여전히 존나 웃기구나.

비극의 계산 가능성, 예측 가능성. 루이 C.K.가 보기에 삶의 고통은 그것의 예측 불가능성에서 오지 않는다. 그 반대다. 삶은 철저하게 예측 가능하다는 점에서 비극적이다. 결함 있는 기계처럼 같은 실패를 반복하여 출력하도록 운명지어진 인간은 루이 C.K.의 예술 세계의 중심을 이루는 소재다. 2016년, 루이 C.K.는 불후의 명작이라고 불러도 손색없을 가족 비극 시트콤 〈호러스와 피트〉를 제작한다. 이 드라마는 짧게 말해 '호러스와 피트'라는 술집을 대대손손 운영하는 호러스와 피트 가족의 이야기다. 극중 루이 C.K.가 연기하는 '호러스'는 '형제인 줄 알았으나 알고 보니 사촌이었던 동업자 피트의 돌아가신 아버지의 마지막 여자친구'인 섹시한 할머니와 소파에서 묘한 긴장을 주고받다가, 자신이 가진 이 지저분한 성적 환상에 진절머리를 내며 한탄한다. 왜 나는 이렇게 더러운 욕망을 가져야만 할까? 깨끗하고 떳떳한 욕망을 가진 사람일 순 없을까? 호러스가 짐작하기에 모두가 자기만큼 추잡스러운 짐승인 것은 결코 아니다. 어떤 사람들의 욕망은 봐줄 만하고 심지어 우아하다. 가령 오바마 부부 같은 사람들은 침실에서의 행실마저 흠잡을 데가 없을 것 같다. 그런데 왜 호러스는 안 그래도 꼬인 가족사를 더 진창으로 만들 뿐인 욕망을 실현하고자 하는 사람이어야만 할까?

호러스와 루이 C.K.가 얼마나 닮은 인물인지는 알 수 없지만, 적어도 두 인물이 자신에 관해 가졌던 두려움은 닮은 점이 많았을 것 같다. 2017년, 루이 C.K.가 최소 다섯 명의 여성 동료와 후배 앞에서 자위행위를 했음이 폭로된다. 루이 C.K.는 그들의 이야기가 모두 사실이라고 시인한다. 그는 입장문에서 자신이 여성의 동의 없이 성기를 꺼낸 적은 한 번도 없으니 괜찮다고 생각해왔지만, 존경받는 업계 선배와 여성 후배라는 권력 차를 생각할 때 내 성기를 봐주겠냐는 자신의 질문은 질문이라고 할 수 없음을, 권력을 잘못 휘둘러 그들을 궁지로 모는 일일 뿐임을 너무나 늦게 깨달았다고 말했다. 현존하는 가장 위대한 코미디언으로 불릴 뿐만 아니라, 에미, 그래미, 피바디를 포함해 숱하게 많은 상을 거머쥔 작가이자 제작자로서 오랜 시간 존경과 사랑을 받아온 예술가가 그 위치를 이용해 15년에 걸쳐 여성 동료와 후배들을 성추행했다는, 성폭력의 세계에서는 진부할 만큼 전형적인 이 이야기는 바로 '최고의 스토리텔러'의 이야기이기도 하다. 웃기려는 의도가 조금도 없었을 코미디언의 이 입장문, 읽는 사람이 너무 창피해서 얼굴이 따가울 지경인 이 입장문 이후로 루이 C.K.의 유머를 좋아한다고 말하기는 곤란한 일이 되었다. 내가 하는 생각들의 기원을 거슬러 올라가면 바로 이 사람이 나온다는 게 언제나 자랑스러운 그런 유명인도 있겠지만 애석하게도 루이 C.K.는 그런 사람은 아니다. 루이 C.K.가 여러 여성들 앞에서 자위행위를 했음이 밝혀졌을 때 '그럴 리가!'라고 생각하지 않고 '그랬겠지…'라고 생각한 사람이 나뿐만은 아닐 것이다.

나는 살아감과 나이 들어감의 마디마디마다 이 추잡한 인간의 농담을 떠올리고 찾아보고 낄낄거리고 때로 적용한다. 돈이 너무 없을 때는? 루이 C.K.의 파산 농담을 찾아본다. 돈이 너무 없어서, 얼마나 없냐면 0원보다 더 없어서, 파산을 하려도 돈을 벌어야 되게 생겼다는 농담을. 어깨가 아플 때는? 마흔에 병원에 가면 벌어지는 일에 대한 루이 C.K.의 설명을 듣는다. 스무 살인 사람이 병원에 가면 의사들은 귀를 떼서 어깨를 만드는 첨단 기술을 동원해서라도 당신에게 새 몸을 주려고 할 거다. 하지만 마흔에 병원에 가서 무릎이 아프다고 말하면 의사는 심드렁한 표정으로 이렇게 말할 뿐이다. 예, 그런 일이 일어납니다. 묻지도 따지지도 않고 나와 가까운 사람의 편을 들고 싶을 때는? 시종일관 너는 짱이야, 너는 최고야, 사람들은 너의 진짜 가치를 몰라줘, 라는 말들로 혼을 빼놓는 친구가 얼마나 쓰레기 같은 친구인지를 꼬집는 그의 농담을 생각하곤 입을 다문다.

루이 C.K.의 농담 속에 훌륭한 인간은 잘 나오지 않는다. 멍청하고 추하고 악한 인간, 사랑받지 못하는 인간, '아무도 그의 입에 키스하고 싶지 않을 법한' 인간, 쓰레기 같은 인간이 주로 나온다. 훌륭한 인간이 만들고 훌륭한 인간들이 등장하는 창작물로부터 얻을 게 아무것도 없을 때 그의 농담은 빛을 발한다. 잘못했을 때는 잘못에 일가견이 있는 사람의 이야기가 듣고 싶으니까. 이명박이 감옥에서 평생을 살아야 한다고 생각하는 사람도 이명박의 맛집 리스트는 참고하고 싶을 수 있듯이. 〈호러스와 피트〉 3화에서, 호러스의 전 부인은 새 시아버지와의 성관계를 끊을 수 없는 자신의 처지를 털어놓기 위해 호러스를 찾는다. 그녀가 이 이야기의 청자로 호러스를 선택한 이유는, 바로 호러스가 자신의 여동생과 불륜을 저질러 결혼을 파탄 낸 장본인이기 때문이다. 자신에게 커다란 상처를 입혔던 호러스만이 자신의 쾌락과 두려움을, 옴짝달싹할 수 없음을, 옳은 길을 선택하기를 간절히 원함에도 나쁜 길로 달리길 멈출 수 없는 내면의 악성을 이해한다. 뿐만 아니라 이제 그녀도 호러스를 이해한다. 호러스는 별다른 리액션도 조언도 없이 그녀의 긴 독백을 가만히 듣는다. 호러스가 아는 것은 이제 어떻게 해야할지 아무도 모른다는 점, 또는 어떻게 하는 게 올바른지를 알더라도 그렇게 할 수 없을 거라는 점이다.

〈호러스와 피트〉의 마지막 장면에는 어김없이 폴 사이먼의 음악이 흐른다. 구슬프고 애절한 기타 소리와 함께 폴 사이먼은 노래한다.

나는 가끔 궁금해/ 우리는 왜 스스로를 갈기갈기 찢어놓는 걸까/ 생각할 시간이 좀 필요해/ 아니 어쩌면 술이나 한잔 할까/ 호러스와 피트 술집에 가서

호러스와 피트에 가서 술 마실 일이 없는 삶이 더 좋다는 걸 누구나 안다. 호러스만이 이해할 짓을 하고서 호러스를 찾아갈 일 같은 걸 만들지 않기 위해 부단히 노력해야 한다. 그럼에도 누군가는 호러스가 될 차례를 맞는다. 그리고 그게 당신의 차례가 되었을 때는, 찾아갈 호러스가 있는 편이 없는 편보다 낫다고 생각하게 될지도 모른다. 물론 누구에게도 그런 차례가 오지 않기를 바라지만 말이다.

얄궂게도 루이 C.K.는 2015년 〈코미디 스토어 라이브〉에서 이런 조크를 한 적이 있다. 루이 C.K.와 마찬가지로

딸을 둔 아빠인 친구가 딸이 혹시나 나쁜 성 경험을 할까 봐 걱정하자 루이 C.K.는 이렇게 받아친다. 혹시나? 엄청 많이 할걸? 사는 내내 나쁜 좆의 눈보라를 헤치며 걸어야 할 거라고. 데일 카네기의 관점에서 삶은 레몬을 준다. 루이 C.K.의 관점에서 삶은 좆을 준다. 그것도 한 트럭으로 준다. 그 눈보라에 자기 좆이 포함된다고는 말하지 않았지만 말이다. 앞서 나는 코미디가 내게 주는 것은 시간이라고 말했다. 교훈도, 승화도 없이 그저 생각할 시간을 준다고. 시간을 들여 또 한 번 나타난 나쁜 좆을 가만히 보면, 웃음을 참을 수가 없다. 데일 카네기에게 이번엔 뭘 만들까요? 이렇게 물어보는 상상을 그만둘 수가 없다.

삶이 당신에게 좆을 준다면….
웃기다.
그, 저, 레몬은 어디로 가고….

2부

웃음은 결코 깨끗할 수 없다

그리고 자꾸 웃음이 나왔다

.

중환자실 앞 보호자 대기실은 흡사 터미널 대합실 같
았다. 일자로 된 의자에 서로 모르는 사람들끼리 붙어 앉
는 게 그랬다. 옆사람의 짐이나 엉덩이가 가끔 닿기도 할
만큼 가까이. 사람들이 가진 짐의 크기와 구성이 다양했
다. 체취 묻은 담요와 옷가지, 세면도구가 알차게 든 대
형 타포린백. 지퍼를 열어둔 핸드백. 그 핸드백 중앙에 껑
충 솟아 있는 몇 장의 서류. 복슬한 키링이 주렁주렁 달
린 백팩. 팔짱을 끼고 눈을 감은 어떤 이의 무릎 위에는
안경 하나와 핸드폰 하나가 전부. 내게는 메신저백, 그리
고 엄마와 내가 마실 커피 두 잔. 모두 한 방향으로 앉아
서 벽에 달린 모니터를 쳐다봤다. 중환자실 자동문 옆에

는 '병실 번호, 진료과, 환자명(나이/성별), 주치의' 순으로 환자 정보가 적힌 모니터가 있었다. 반대편 벽에는 첨단 수술 홍보 영상, 슬기로운 병원 생활을 위한 수칙들, 간병인 업체 번호, 의료비 지원 담당 부서 번호 등이 뜨는 모니터가 있었다.

거기 앉아 있는 사람들이 터미널 여객들과 다른 점이라면 누구도 자신의 행선지를 모른다는 거였다. 원주 가는 사람도 강릉 가는 사람도 없었다. 보호자들은 우리가 어디로 가는지 몰랐다. 저 자동문 너머의 환자가 어디로 가고 있는지도 몰랐다. 모르고 앉아 있는 일은 참기가 어렵다. 아예 벌떡 일어나 의료진이 나타나기로 예정된 길목을 서성이며 동향을 파악하는 사람들이 생기길래 나도 그 집단에 합류했다. 더 열심히, 더 진취적으로 기다리면 실제로 우리 의사가 더 빨리 온다! 잠시 그런 가짜 믿음을 공유하고 있으려니까 기분이 좀 나았다.

오전 8시, 회진 시간이 되자 각 분과의 의료진이 한 팀 두 팀 나타났다. 발이 들썩이고 눈이 바빠졌다. 의사들의 가운에 쓰인 작은 글씨를 읽고 싶었다. 내 아빠의 의사인가? 다른 아빠의 의사인가? 6구역에 있는 소화기내과 환자인 우리 아빠의 주치의 OOO 선생님은 언제 오실까? 중환자실로 들어가는 의료진의 걸음은 빨랐다. 보호자들이 있는 쪽으로 고개를 돌리지 않는다는 약속 내지 요령이

있는 것 같았다. 고개를 돌려서 뭘 할 건가? 회진이 빨라
지는 것도 환자가 더 괜찮아지는 것도 아닌데. 오히려 절
박한 보호자한테 발목 잡혀서 진료가 늦어지면 모를까.
현명하다고 생각했다. 왜냐하면 내가 의사와 눈이 마주
치는 순간을 상상하자, 눈을 통해 소리를 지를 수도 있다
는 생각이 들었기 때문이다.

　나중에 읽은 의사와 간호사 들의 이름은 내 친구들의
이름과 크게 다르지 않았다. 내 친구도 저 성씨를 쓰지.
내 친구의 이름에도 '윤'이 들어가는데. 사람들의 이름이
란 게 모두 평범해서 슬펐다.

　중환자실 자동문이 쇄액- 소리를 내며 열렸다가 의료
진을 삼키고는 쇄액- 닫혔다. 자동문이 다시 열릴 때마다
보호자들의 얼굴이 테니스 경기 보는 사람들처럼 일제히
돌아갔다. 문이 열린 찰나 대기실로 쏟아져 나온 공기를
타고 병실 안쪽의 냄새가 훅 끼쳤다. 오물과 약물의 냄새.
그 냄새를 맡자 저 문을 드나드는 직원들이 왜 그렇게 신
속하게 움직이는지를 조금은 알 것 같았다. 저 안쪽, 이
살벌한 냄새의 근원에 영빈이 있다.

　이후로는 두 시간에 걸쳐 이런 풍경이 반복됐다. 중환
자실에서 나온 의사가 환자의 이름을 외치면 그 환자의
보호자들이 벌떡 일어난다. 의사가 한 가족에게 다가간
다. 어젯밤을 잘 보내셨습니다. 조금 더 지켜보겠지만 일

반 병실로 옮기시게 될 겁니다. 언제 옮기게 될까요? 장담은 못하지만 늦은 오후일 거예요. 다른 가족들에게도 그 브리핑이 다 들린다. 저 가족은 더 나은 곳으로 가네, 늦은 오후에. 누군가 소리 내어 좋겠다, 말한다. 의사가 다음 환자의 이름을 부른다. 또 다른 보호자들이 벌떡 일어난다. 마음의 준비를 하셔야 할 것 같습니다. 주변에 연락하시고…. 일어났던 사람들이 얼굴을 감싸 쥐며 주저앉는다. 저 가족은 마지막 인사를 하러 간다. 두려워. 그럼 우리는 언제? 어디로? 그렇게 모두의 행선지가 마침내 공개된다. 도착지를 들은 사람들이 하나같이 운다. 기뻐서도 울고, 슬퍼서도 울고, 서서, 앉아서, 누워서, 엎드려서도 운다.

　바닥에 웅크린 한 여자의 어깨를 젊은 남자가 두드렸다. 엄마, 엄마, 일어나. 곧 면회야. 아빠 보러 가야지. 오전 10시가 가까웠다는 뜻이었다. 여자는 아들의 부축을 받으며 일어나 가방으로 손을 뻗더니 검은 봉지에 담긴 오이를 꺼내 한 입 물었다. 와작! 수분을 충전한 여자가 다시 꺼이꺼이 울면서 위생복과 마스크를 입었다.
　오이…?

$\times$

10시가 조금 넘은 시각, 푸른 위생복과 흰 마스크를 착용한 보호자 무리가 중환자실로 들어갔다. 그 속엔 엄마도 있었다. 회진 결과, 아빠는 아직 중환자실을 나올 수 없었다. 더 나빠지는 것만은 막고 있지만, 더 나아지지도 않았다고 했다. 아무것도 달라지지 않았다. 아직은 어디로도 갈 수 없다. 경유지에 있기란 왜 이렇게 힘이 드는 걸까? 거기도 엄연히 장소인데도.

가족당 한 명의 보호자만 면회가 가능했기 때문에 나를 포함한 많은 사람들이 대기실에 남았다. 면회 시간은 30분. 기다리는 동안 그 지겨운 모니터를 또 보기가 싫어서 아무 벽의 아무 구석이나 쳐다보았다. 한쪽에 처음 보는 팻말이 있었다.

"여러분 곁에 원목실이 있습니다."
기도 원하시는 분은 원목실로 연락 바랍니다.
주간 000-000-0000~0 / 구내 0000-0
그러므로 너희 죄를 서로 고백하며 병이 낫기를 위하여
서로 기도하라 의인의 간구는 역사하는 힘이 큼이니라
야고보서 5:16

원목실이라는 게 있구나. 병원에 있는 종교시설을 원목실이라고 하는구나. 내 곁에 있다는데, 내 곁이 어디지?

"안녕하세요. 원목실이죠? 원목실이 어디에 있나요?"

"아, 환자분이신가요~? 어느 병동인지 알려주시면 목사님이 찾아가실 수도 있어요. 그렇게 말씀드릴까요~?"

"아니요. 환자 보호잔데요. 가보고 싶어서요."

"네에, 지금은 어떠세요?"

"좋진 않죠 뭐…."

"아아, 어디-계세-요?"

"아, 죄송합니다. 어딨냐고요. 응급 중환자실 앞 보호자 대기 공간에 있습니다."

"그러시면 조금 머실 수도 있는데…."

원목실은 병원 맞은편에 있는 의과대학 건물 1층 구석에 있었다. 안내받은 대로 조금 멀었다. 의학을 가르치는 강의실들을 한참 지나서야 도달할 수 있는, 의학에만 기댈 수는 없었던 사람들의 장소. 원목실 사람들의 목소리는 병원 사람들의 목소리와는 아주 달랐다. 눈물이 날 정도로 따사로운 그 목소리를 듣자 덜컥 겁이 났다. 가망 없는 사람들을 그 정도로 많이 만났단 말인가. 얼마큼의 상냥함을 갈망하는지 이미 다 안단 말인가.

우리의 상태가 유족에 가까워질수록 모든 사람이 우리

에게 친절했다. 전날 엘리베이터 안에서 마주친 두 화물
기사는 주차장 가시죠? 선뜻 물으며 복잡한 병원 건물
안에서 헛걸음하지 않도록 도와주었었다. 우리의 사정에
대해 말 한마디 하지 않았음에도 그랬다. 곳곳에서 길을
안내하는 타인이 나타났다. 그렇게 훤히 보이는 모양이
었다. 모르는 사람의 눈에도. 우리가 길을 잃었음이.

　작은 방에 앉아 잠시 기다리니까 온화한 얼굴의 목사
가 들어와 맞은편에 앉았다. 그 목사님은… 흠칫 놀랄 정
도로 몸이 좋았다. 가운이 약간 작아 보였다. 목사의 근
육이 왜 저렇게 커야 했을까? 저기 든 게 다 신앙심인가?
웃는 낯의 그에게서 중후하고도 매끄러운 음성이 흘러나
왔다. 우리 젊은 자매님이 어떤 일로 저를 찾으셨냐는 질
문을 듣자 담백한 답이 금방 입에서 튀어나왔다. 아빠가
많이 아프다. 다시 안 아파질 수는 없는 상황인 것 같다.
면회 간 엄마를 기다리고 있는데 조금 힘들어서 와봤다.

　"그러시구나. 제가 그럼 아버지를 좀 찾아뵙고 얘기를
나눌까요?"

　"오우, 아뇨. 아빠는 제가 여기 온 거 몰라야 돼요. 경을
칠 거예요. 원체 교회를 안 좋아해서. 할머니 장례식에서
웬 목사가 회개하라고… 아니 목사님 앞에서, 죄송합니
다…."

　"아이고, 저도 막 전도를 하러 가려는 건 아니고요. 환

자분들 많이 적적해하시니까. 혹시 환자분 성함과 병실 적어뒀다 잠깐 찾아뵈면 많이 불편해하실까요?"

"네, 많이요. 아빠는 신경 안 써주셔도 돼요. 아빠 말고 제가 필요해서 왔어요."

"그럼 자매님을 위해서 제가 뭘 해드릴 수 있을까요?"

"저도 교인은 아니에요. 좋아해서 외운 기도문이 딱 하나 있는데요. 기도하는 법을 몰라서요. 가르쳐주실 수 있을까 해서요."

"어떤 기도문일까요?"

"우리에게 바꿀 수 있는 것을 바꿀 용기를 주시고, 바꿀 수 없는 것을 참을 인내심을 주시고, 바꿀 수 있는 것과 없는 것을 구별할 지혜를 주소서.'"

"라인홀드 니버의 기도문이군요. 아주 잘하시는데요. 지금 읊은 그대로 하시면 돼요."

"손을 모으거나 하진 않나요? 앞뒤로 어떤 문구를 붙인다든가…."

"그건 다 형식일 뿐이에요. 안 해도 돼요. 그래도 궁금하시면 보통은 예수 그리스도의 이름으로 기도 드립니다, 아멘. 이렇게 끝냅니다."

싱겁고 친절한 기도 레슨이 끝나고, 나는 목사님이 좋아하시는 기도문도 알려달라고 말했다. 그러자 목사는 내게 무엇을 위해 기도하고 싶은지 물었다. 어려운 질문이었다.

나는 다만 중요한 순간에 영빈과의 약속을 지키고 싶었다. 영빈이 원하는 건 집에 가는 거였다. 중환자실의 환자들은 대부분 의식이 없거나 희미한데, 영빈은 거기서 유일하게 정신이 또렷하고 말을 명료하게 할 수 있는 환자였다. 강력한 진통제를 써서 잠을 자게 해줄 수도 없을 만큼 상태가 위중했기 때문이다. 자칫하면 진통제 때문에 의식이 아예 넘어갈 수도 있다. 혈압과 염증 수치가 가라앉을 때까지 뜬눈으로 통증을 견뎌야 한다고 했다. 어젯밤 중환자실에서 한 환자가 죽었다. 면회 시간마다 영빈은 계향에게 부탁했다. 여기서 나가게 해줘. 집에 보내줘. 그게 안 된다면 일반 병실에라도 가게 해줘. 그의 요구는 지당했다. 그의 곧은 눈을 보며 하루만 더 있으면 집에 갈 수 있다고 거짓말하는 건 아내인 계향의 몫이었다. 우리는 영빈에게 더 긴 인내를 요구하고 싶지 않았다. 헤어지기 두렵다는 이유로 그렇게 하고 싶지 않았다. 영빈에게 소중한 것이 우리에게도 소중하다고 말해주고 싶었다. 그가 집에 가게 해주고 싶었다. 영빈이 중환자실에서 버티는 유일한 이유는 우리가 그렇게 해줄 거라고 믿기 때문이었다.

나는 한참 머뭇거리다가, 사랑을 근거로 내려야 할 결정을 두려움을 근거로 내리고 싶지 않다고, 그렇게 할 수

있는 힘이 있었으면 좋겠다고 말했다. 목사는 내 말을 듣
더니 잠시만 기다려달라고 말하고 밖으로 나갔다. 유리
벽을 통해 목사가 움직이는 소리가 그대로 들렸다. 의자
바퀴가 땅에 끌리는 소리, 키보드를 두드리는 소리, 마우
스 클릭하는 소리, 그리고,

이익익익이-이익-이-익익익익익-

프린터…?

방으로 돌아온 목사님의 손에는 따끈한 A4 용지 한 장
이 들려 있었다. 그 모습을 보자 자꾸 웃음이 나왔다. 당
연히 기도문이라는 게 하늘에서 내려올 거라고 생각하지
는 않았지만… 그렇다고 이렇게 맞춤 기도문이 즉석 출
력되는 시스템이라고도 생각하지 못했기 때문이다. 그것
도 알뜰살뜰하게 양면인쇄로. 맑은고딕체 14포인트 형식
으로 내 앞에 나타난 오늘의 점괘, 나의 에피파니. 아마도
HP/캐논/삼성 등의 초국적 대기업이 뽑아주었을 나의
로켓배송 기도문…! 하느님 핫라인 최고…!

×

목사님과 처음 읽은 기도문은 마더 테레사의 '나를 구원해주소서'였다. "사랑받고자 하는 욕구에서 나를 구하소서", "칭찬받고자 하는 욕구에서 나를 구하소서", 이렇게 욕구로부터 구해진 다음, "잊혀지는 두려움에서 나를 구하소서", "오해받는 두려움에서 나를 구하소서", 이렇게 두려움으로부터 구해지는 순서로 되어 있다는 게 그의 설명이었다. 참으로 말이 되는 순서였다. 원하는 게 없다면 두렵지도 않을 테니까.

함께 소리 내어 읽어볼까요? 제안한 그의 목소리와 싱크를 맞추어 이 쉽고 낮은 기도문을 한 자 한 자 읽었다. 목사님이 몇 번 틀리길래 나도 좀 흔들렸다. 종이 방향이 내 쪽에서 보기 편하도록 돼 있어서 목사님은 거꾸로 된 글씨를 읽어야 했기 때문이다. 목사님은 두 번이나 두려움을 어려움이라고 읽었다. 역시 두려운 건 어려운 것이다.

종이를 뒤집자 이번에는 이해인 수녀의 '아픈 이들을 위하여'가 나타났다. 어려운 단어 하나 없는, 거의 투박하다 싶을 정도로 일상적인 어투였다. 글보다는 말에 가까워 몇몇 문장은 오문으로 보이기도 했다. 목사님은 "고통을 더는 일에 필요한 힘과 도움 되지 못하는 미안함, 부끄러움, 면목 없음, 안타까움 그대로 안고 기도합니다"라는 대목에서 몇 차례 위기를 겪었다. 글씨를 읽기가 힘든데 어떻게 내내 목소리의 온도를 떨어뜨리지 않을 수 있는지 놀라웠다. 낭독이 끝나고 그는 나를 위해 기도해도 되겠는지 물었다. 그가 했던 기도의 내용은 기억나지 않는다. 믿거나 깨달으라고 말하지 않아서 좋았다는 정도. 사람을 앞에 두고 하느님에게 말을 거는 기도의 형식이 내게는 아직도 이상하게 느껴진다. 다만 그 온도, 우는 사람 앞에 내어주는 카페인 없는 차 같았던 목소리의 온도만은 다시 떠올릴 수 있다.

원목실을 나서서 다시 병원으로 가는 길에 기도문이 인쇄된 종이를 쪽지 접듯 접었다. 가방 깊숙한 곳에 넣으니 속절없이 든든했다. 그 가방에는 천주교 집안에서 나고 자란 스탠드업 코미디언이 선물한 포차코 손거울이 달려 있었다. 그는 신성에도 신성모독에도 일가견이 있으며 누구보다 불경한 농담을 하고 세례명은 '마리아'다. 내 가방이 자꾸 성스러워지는데 어떻게 책임질 거냐고 따져 물으면 좋아할 것이다. 실제로 훗날 이 포차코 손거울 옆에는 그가 '성물방'이라는 성물 전문 쇼핑몰에서 구매한 성모마리아 키링이 더해지게 된다.

면회를 마친 엄마를 병원 앞 주차장에 있는 흡연실에서 만나서 그 종이를 보여주었다. 여러 번 고개를 갸웃하던 엄마가 말했다. 나는 아직도 이런 말들이 전혀 와닿지가 않나 봐. 그러더니 "담이가? 목사를? 담이가? 기도를?" 하고 여러 차례 의아해했다. 엄마 간 동안 심심하잖아. 할 수 있는 건 다 해보는 거지. 차가버섯 달인 물이든 노니 효소든 일단 마셔는 보는 거야. 피식 웃는 계향의 입에서 담배 연기가 빠르게 새어나왔다.

그날 밤에 스탠드업 코미디언에게 전화를 걸었다. 내가 이름을 부르자 엉, 하고 대답하는 그의 목소리가 작게 떨렸다.

"내가 오늘 뭐 했게? 나 원목실에 갔어. 가서 목사님 만났어. 되게 좋았어. 내 친구들 중에는 모태 신앙을 가졌다가 이제는 안 믿게 된 냉담자들이 많은데, 그래도 중요한 일이 생기면 가끔 기도를 하더라고, 그게 좋아 보이길래 나도 배우고 싶어서 왔다고. 내가 좋아한다는 기도문 있잖아. 우리에게 바꿀 수 있는 것을… 이렇게 시작하는 기도문. 그 사람 이름 생각이 안 나네. 그거 외니까 목사님이 나더러 기도 잘한대. 나 재능 있나 보지? 마지막에 나를 위해서도 기도해주더라고. 은빈이도 어제 새벽에 묵주 기도했다고 말해줬거든. 근데 묵주는 없었다는데…. 아무튼 내가 하고 싶은 말은, 너희를 안 만났으면 내가 원목실에 가볼까 생각할 일은 없었을 것 같애. 손 모으고 눈 감아볼 일도 없었을 테고. 면회 시간 견디기 어려웠을 거야. 그냥 엄마 기다렸겠지, 아마? 그러니까 고마워."

전화기 너머 훌쩍훌쩍 우는 소리가 들려왔다. 가슴 깊은 곳에서 데워진 숨을 내뱉고 콧물을 들이켜는 소리. 서러운 어린이가 내는 소리. 그는 보고 싶어- 길게 탄식하더니 말했다. 야아, 내가 유서 깊은 천주교 가문의 마리아인 거 알지.

그의 온 가족이 기도로 총출동 해준대서, 별안간 갱단의 비호를 받는 구멍가게 사장처럼 어깨에 힘이 들어갔다. 하지만 아직 이 감동적인 통화를 맺을 때가 아니었다. 그에게 꼭 말하고 싶은 게 또 있었기 때문이다.

"들어봐. 그래서… 목사님이 내 말을 다 듣고 자리에서 일어나는 거야. 잠깐만 기다려달라고 하고 갑자기 어딜가. 밖에서 뭘 막 부지런히 해. 그러더니 무슨 종이를 한 장 뽑아온 거야. 무슨 즉석 사진처럼…. 한쪽에 마더 테레사 한쪽에 이해인 수녀… 양면인쇄가 된 거야…!"

할 말을 다 했더니 속이 시원해서 푸하하 웃었다. 호텔 비상계단 사방에 부딪혀 울리는 내 웃음소리 사이사이로 쿨쩍이는 코미디언의 핀잔이 부드럽게 날아와 꽂혔다.

"씨, 셋업이 왜 이렇게 긴가 했네…."

×

영빈은 다음다음 날 중환자실을 나올 수 있었다. 일반 병실이 아니라 준중환자실로 옮겨야 하는 상태였지만, 준이건 아니건 다시 '중환자실'에 간다는 소리에 영빈은 인내의 끈을 놓쳐버렸다. 준중환자실은 고비를 넘긴 환자를 지켜보기 위해 좋은 모니터링 장비를 갖추었다는 의미에서 '준중환자실'로 부를 뿐 중환자실보다 훨씬 쾌적하고 가족 면회도 가능한 병실이었지만 영빈에게 그런 건 중요하지 않았다. 여태껏 들은 것 중 가장 좋은 소식을 전할 수 있어서 기뻐하는 계향 앞에서 영빈은 실망과 분노를 감추지 못했다. 죽다 살아난 영빈의 기력은 실로 놀라웠다. 그는 소리치고, 반복하여 강조하고, 병원을 험담하고, 노골적으로 자살을 암시하며 모두를 협박했다. 면회를 마치고 나온 계향은 영빈의 기세에 압도되어 약간 멍해 보였다. 과연 영빈다웠다. 솔직히 그가 메스와 주사기가 널린 병실에서 뾰족한 아무 도구를 훔치고 자동문이 열린 틈을 타 병원 뒷산으로 도망쳐 사라진대도 많이 놀랍진 않을 거였다. 만일 내가 아프고 집에 가고 싶다면 그는 그렇게 되도록 했을 것이다. 편법과 불법을 동원하고 가족 아닌 타인을 다치게 해서라도 내 편을 들어줬을 것이다. 물론 나는 영빈의 사랑이 얼마나 큰지 세상이 똑똑히 알게 될 기회를 되도록 만들고 싶지 않다. 내게는 세상의 사정도 상당히 중요하기 때문이다.

사흘을 기다린 끝에 드디어 마주한 영빈의 얼굴은 말기암 환자답지 않게 단정했다. 숨을 쉬기 어려워 보였고, 몸에는 각종 링거 줄이 꽂혀 있었지만, 방금 전까지 스틱스 강변에서 서성이던 사람이라고는 믿기 어려울 정도였다. 그 얼굴을 보자 가슴속에서 가시처럼 희망이 돋았다. 고문 같기도, 조롱 같기도 했다.

일반 병실에 도착해서 드디어 가족들과 단란하게 남겨졌을 때 그가 맨 처음 찾은 것은 담배였다. 담배 한 갑만 사 오라는 그의 말을 우리가 제대로 들은 건지 확실치가 않았지만, 달리 오해할 수도 없는 문장이었다. 참고로 그와 담배의 애틋한 관계는 약 50년쯤 됐다. 그걸 어디서 피우게? 움직이지도 못하면서. 계향이 여러모로 빠져나가보려 했지만 그건 내가 알아서 한다는 단호한 대답만이 돌아왔다. 깬 환자는 안 깬 환자보다 훨씬 미워서 우리는 엘리베이터에서 그를 좀 욕했다. 담배를 사다 줄 수도 안 사다 줄 수도 없어서 우리끼리 담배를 피우러 갔다. 흡연실과 그 주변에는 많은 의료인과 면회자, 그리고 환자가 있다. 거기서 담배를 제일 맛있게 태우는 건 역시 암환자들이다. 안색이 검고 바싹 마른, 맨질한 머리에 색색의 비니를 꼭 맞게 쓴 암환자들의 자유 시간. 그들의 들숨과 날숨은 유독 깊이가 있다. 의사가 보면 땅이 꺼질 듯 한숨을 쉴 풍경이지만, 반드시 그렇지만도 않다. 그중엔 끽연이 유일하게 남은 처방인 사람도 있을 것이다.

여기까지 읽은 누군가는 얼굴을 잔뜩 찡그리고 있을 것 같다. 표정 푸시라. 잠깐 며칠 뒤로 시간을 돌려 알려주자면, 영빈은 그토록 그리워하던 담배를 몇 대 피워보곤 이내 포기한다. 몸이 도저히 도와주지 않았기 때문이다.

영빈에게 남은 시간이 얼마나 되는지 궁금했다. 서울에서 출발할 때는 영빈이 나와 동생만은 보고 가게 해달라고 빌었다. 병원에서 대기할 때는 빈소를 오늘 차리게 되려나, 내일 차리게 되려나 걱정했다. 일반 병실로 옮긴 이후 회진 시간에 주치의가 "일이 주 정도 지켜보면서"라는 표현을 썼을 때 비로소 무릎에 힘이 풀렸다. 일단 주 단위의 시간이 있는 것만은 확실하구나. 내가 병원에서 할 일은 더 없어서 서울로 돌아가기로 했다. 무엇보다 개가, 내 개가, 나랑 같이 사는 크고 아름다운 개가 보고 싶었다. 내가 없는 집에서 개는 잘 지내고 있었다. 친구들의 손에 이끌려 밥을 먹고 산책을 하고 예쁜 말을 듣고 잠을 잤다. 그런데도 친구들이 보내온 사진 속의 개는 하나같이 풀 죽은 표정이었다. 그가 나를 무척 기다리고 있었다.

다음 역을 안내하는 전광판에 '서울역'이 깜빡일 때, 십

수 년 만에 처음으로 내가 서울을 얼마나 사랑하는지 생각했다. 서울에 내 집이 있다. 내게 집이란 개가 있는 곳. 친구들과 개가 놀고 있다는 집 근처의 카페로 다가가는데, 3년 전 이 개를 처음 만나러 갈 때처럼 가슴이 두근거렸다. 친구들이 나를 먼저 발견하고 손을 흔들었다. 무늬-하고 이름을 불러보았지만 개는 타일 바닥에 누워 일어날 줄 몰랐다. 사람들의 소란에 잠시 깨어 뒤를 돌아봤다가 나인 줄을 모르고 다시 고개를 돌리는 모습이 꼭 잠결의 노인 같았다. 바닥에 주저앉아 다시 한 번 내가 지은 개의 이름을 불렀다. 마침내 나를 본 무늬가 길게 기지개를 켜고 내게 다가왔다. 정수리부터 발끝까지 보호자의 냄새를 남김없이 확인하더니 서럽게 안겼다. 잘 잔 개의 따뜻하고 고소한 비린내가 얼굴 가득 들이쳐서 가슴이 미어졌다.

나는 개에게 매인 줄을 잡고 일어섰다. 그리고 집을 향해 뛰기 시작했다. 불광천 쪽으로 가자고 조를 줄 알았는데, 개는 선뜻 나를 따라오더니 이내 나를 저만치 앞서 질주했다. 맞아. 우리 집에 가자. 개가 너무 빨라서 숨이 턱끝까지 찼다. 그렇게 빨리 뛰니까 자꾸 웃음이 나왔다. 푸하하, 학학학, 으하하. 나는 개와 함께 집으로 달렸다. 꼭 어린 시절처럼 달렸다. 어린 시절과 달리 아빠가 죽어간다는 사실을 똑똑히 아는 채로 쉼 없이 달렸다.

인간 미만의 무엇 또는 인간 바깥의 무엇

내가 뭐가 돼야 할지 도무지 모르겠을 때는 〈야인〉을 열창하는 코미디언 이선민을 본다. (이선민이 연기하는) 이선민의 어머니가 전화로 아들의 장래에 대한 걱정을 내비친다. 요즘에 〈피식대학〉 보니까 이창호하고 김해준이가 마이 떴드라. 민이 니는 〈피식대학〉 동긴데, 언제 기회가 오겠노? 과거의 이선민은 어머니에게 곧 참여할 '야인시대 외전'이라는 새로운 콘텐츠가 잘될 것 같다고 말했었지만, 그 콘텐츠는 인기 부진으로 3회 만에 막을 내린 모양이다. 무대 커튼이 걷히고 나타난 이선민은 반라의 몸으로(위쪽이 나체다) 바닥에 주저앉아 입에 소주를 들이부으며 노래한다. 나는 야인이 될 거야. 거친 비바람

몰아쳐도. 아무도 나를 위로하아…지 않아. 꺼지지 않는 불빛이 되려 하네. 이선민의 장엄한 복부를 타고 철철 흘러내리는 소주, 그의 입에 걸린 기묘한 미소와 이글거리는 눈. 열창을 마친 불효자가 외친다. 엄마, 다음 생에 성공하께!

코미디언 이선민에게 자주 붙는 결정적인 수식어는 기세 또는 기백이다. 배우 신강수는 요즘 좋아하는 코미디언으로 이선민을 들면서 이렇게 말했다. 이선민은 기세가 좋다. 기세로 웃기는 게 뭔지 이해하고 싶다면 이선민을 보면 된다. 그래서 이선민을 보았고, 이내 그를 좋아하게 되었다. 실은 아직도 이 '기세'란 게 뭔지 명확하게 설명하기가 어렵다. 무대에서 얼어붙지 않고 크게 소리 내고 크게 움직이는 모양새를 말하는 것 같기도 하고, 남들이 웃든 말든 자기 개그를 끝까지 밀어붙이는 뻔뻔함을 일컫는 것 같기도 하다. 객관적으로는 그렇게 웃긴 개그가 아닌데도 그 사람이 하면 기필코 웃겨지는 경우에 그 반칙성을 칭찬하며 '기세로 웃겼다'고 말하는 것 같기도 하다. 기세는 봐야 아는 것이지 설명해서 아는 게 아니라서 그런지도 모른다. 어떻게 설명하든 나는 딱히 기세가 좋은 공연자는 아니다. 나는 공연 내내 거의 가만히 서서 크지 않은 목소리로 말만 한다. 그 말들이란 내 쬐깐

한 머리를 굴려 재미, 쾌감, 반전 등을 줄 수 있도록 설계한 언어적 구조물이다. 때로 좀 더 '연기'를 하기도 하지만 그것도 연기력이 뛰어난 편은 아니라는 게 티가 안 날 정도로만 한다. 몸이 거의 관여하지 않는 농담들. 나는 웃기기 위해 웃통을 까지도, 가슴팍에 소주를 붓지도, 천이 거의 닳아버린 성조기 문양 팬티를 입고 바닥을 구르지도 않는다. 웬만하면 말로만 승부를 본다. 망가지길 두려워하고 젠체하는 농담을 사수한다. 이선민은 그렇지 않다. 그는 야인이다. 야인은 인간 미만의 무엇이거나 인간 바깥의 무엇이고, 야인의 길에서 고독과 자유는 한 몸이다. 언젠가부터 나는 내가 지나치게 나인 게 괴로운 일상 속에서 이선민 버전의 〈야인〉을 흥얼거린다. 나하는 야하인이 될 거야….

이선민이 야인으로 활약한 프로그램 〈메타코미디클럽〉은 스탠드업 코미디 할 것처럼 꾸민 무대에서 전혀 안-스탠드업 코미디 하는 컨셉으로 출발했다. 〈메타코미디클럽〉 첫 시즌 1화 2부의 제목은 "이게 스탠드업이야?" 다. 커튼과 마이크로만 꾸며진 담백한 무대, 등장 음악은 느끼한 재즈. 객석에는 코미디언들뿐이다. 다른 사람의 코미디를 보고 웃음을 참지 못한 사람이 다음 공연자가 된다. 말로만 웃기자고 약속해놓고 별안간 눈꺼풀을 뒤집고 나타난 〈피식대학〉의 김민수를 시작으로 온갖 원초적인 웃기기 시도가 이어진다. 웃통을 까고 나온 둥근 배의 이선민이 냅다 고함을 지른다. 이야아아아악! 이야아아아악! 이 코미디들과 스탠드업 코미디의 유일한 공통점은 (처음엔) 서 있다는 것뿐이라는 점을 빠르게 파악한 한 코미디언은 이렇게 자문하기도 한다. "이게 스탠드업이 맞긴 한 거죠? 이거 맞는 거 맞아요?" 〈메코클〉의 세팅 속에서 스탠드업 코미디는 '아무튼 이런 건 아닌 것'으로 규정된다. 스탠드업 코미디는 눈꺼풀을 뒤집어서 웃기는 게 아니다. 스탠드업 코미디는 눈을 부릅뜨고 고함을 발사해서 웃기는 게 아니다. 웃긴 얼굴로 웃기는 게 아니다. 웃긴 목소리로 웃기는 게 아니다. 똥, 방구, 어릴 때 어떤 할아버지가 '꼬추'를 만진 얘기, 그렇게 원초적으로 웃기는 코미디가 아니다. 그러니 저건, 또는 이건 다 반칙이다. 반칙은 즐겁다. 〈메코클〉에서 스탠드업이란 이 무대에서 일어나는 모든 일을 반칙이라는 즐거운 행위로 격상시키기 위해서만 존재하는 허상의 개념이다.

〈메코클〉의 안-스탠드업을 보면서 스탠드업은 좀 얄미움을 사는 장르군, 그런 생각을 했다. 당연한 말이지만 스탠드업 코미디언도 웃기기 위해서라면야 눈꺼풀을 뒤집을 수도 있고 소리를 지를 수도 있고 똥, 방구, 꼬추 얘기를 할 수도 있을 것이다. 한 명의 코미디언이 스케치 코미디, 콩트, 토크쇼, 스탠드업을 두루두루 하지 말라는 법도 없다. 그럼에도 스탠드업에는 오직 말로만 웃기는 코미디, 그러므로 머리를 써야 하는 코미디, 웃기 위해서 배경지식을 요구하는 코미디, 몸을 사리는 코미디, 망가지길 경계하는 코미디라는 인상이 들러붙는다. 본질적으로 속됨과 모자람, 천박함의 장르인 코미디 안에서조차 저급과 고급을 나눠야 할까? 글쎄. 확실한 건 인간이 구별 짓기를 잘 멈추지 못한다는 사실이다. 하이 개그, 로우 개그라는 표현을 들어본 적이 있을 것이다. 이런 고급 희극 High Comedy과 저급 희극Low Comedy의 구분은 1800년대에도 있었다. 사회적 규범이나 신념의 모순을 파고드는 지적 재치, 철학적인 유머가 주가 되면 하이 코미디, 누구나 공감할 수 있는 일상적인 상황을 배경으로 하는 육체적이고 직설적인 농담이 주가 되면 로우 코미디라는 식으로. 들을수록 이게 무슨 소린지 잘 모르겠다. 육체적이면 지적이진 않은가? 철학적이면 일상적이진 않은가? 그러나 동의하거나 이해하기 어려운 이분법, 심지어 틀린 이분법도 유용할 때가 있다. 이런 이분법의 존재는 역사적으로 무엇에 웃는지를 두고 사람을 평가하는 일이 공동체 안에서 신속하게, 그리고 널리 일어났음을 말해준다. 그렇게 생각하면 인간이란 아주 재수가 없다. 똥방구에 대

고 좀 웃었다고 사람을 그렇게 무시하고 말이야…. 거꾸
로 똥방구에 대고 웃지 않았다고 사람을 미워하는 일도
이상하긴 마찬가지고….

애석하게도 코미디 공연을 만들다 보면 그런 재수 없
는 짓에 골몰하게 된다. 세상 사람들이 대체 뭐에 웃는지
간절하게 궁금해지기 때문이다. 얼간이도 되고 싶고 똑
똑이도 되고 싶은 모순적인 욕심 때문에 대본 작업이 지
지부진하기만 한 와중에, 어디서 뭐가 웃기다는 얘기가
들려오면 시기심에 배가 아렸다. 쫓아가서 확인하면 저
게 뭐가 웃기다는 건지 곱씹다가 표정이 자주 굳어졌다.
웃는 일은 즐겁고, 마침내 웃기는 일도 두렵지만 즐겁다.
그러나 뭐가 웃긴지 분석하는 일은 좀처럼 즐겁지가 않
다. 한 영상분석가는 자신은 더 이상 귀신이나 UFO가 찍
혔다는 영상은 의뢰를 맡지 않는다고, 왜냐하면 분석 결
과 그게 곤충이나 나무로 밝혀져도 의뢰인이 절대로 믿
지 않기 때문이라고 말한 적이 있다. 그 영상분석가의 고
충은 농담을 분석하려는 사람의 고충과 비슷한 면이 있
다. 신비와 흥을 깨는 작업이라는 점에서 말이다. 신비도
흥도 없는 세상은 시시하기만 하다. '세상 사람들'이라는
결코 단일하지 않은, 모순과 갈등으로 가득한 집합이 무
엇에 웃는지를 하나하나 분석하다 보면 결국 웃을 만한

게 별로 남지 않는다. 그래도 보긴 봐야 한다. 알아야 만들기 때문이다. 그래서 요즘 뭐가 폼이 좋던데 하는 말만 들리면 득달같이 달려가서 정말로 웃긴지, 웃기다면 얼마나 웃긴지 들여다보았다. 〈피식대학〉을 보고 〈메타코미디 클럽〉을 보고 〈SNL〉을 보고 〈빵송국〉을 보고 〈뷰티풀 너드〉를 보고 〈The 면상〉을 보았다. 이 코미디가 '원초적'이거나 '일차원적'이라는 댓글들에 대해, 그래서 좋거나 그래서 싫다는 평가에 대해 생각했다. 무언가가 '원초적'이라는 건 대부분 착시 아닌가? 사실은 사회적 산물이면서 스스로를 자연적인 것으로 가장하는 데 성공한 규범들에는 이를테면 가부장제와 성별 이분법과 경제적 불평등과 학벌주의 등등이 있지 않나? 인간은 원래부터, 태초부터 그랬다는 정의가 실은 다수결로 이루어진 거라면, 그 결정 앞에 혼란스러워하는 사람은 원초적인 코미디에는 웃을 수 없는 사람이 되나? 그런데 잠깐 그보다, 유튜브 켜놓고 이런 생각 하는 사람… 너무 재미없지 않나?

그런 사람이 될 바에야 인간의 기준에 얽매이지 않는 야인이 되고 싶다. 성공 같은 건 다음 생에 하겠다고 선언하는 기백을 가지고 싶다. 스스로 내면화한 미와 추, 쾌와 불쾌, 희와 비의 기준들이 때로는 지겨워 죽겠다. 머리의 코미디와 몸의 코미디라는 게 있다면 내가 좋아하는 건 확실히 머리의 코미디고, 나는 성과 속의 관계를 뒤집고 비트는 코미디라는 장르에서조차 내가 이 몸을 잊거나, 극복하거나, 초월하기를 바란다는 사실에 깜짝 놀랄 때가 있다. 어차피 우리는 옷 아래로는 다 벗고 있다는 점에서 모두 음탕하고 연약하다. 그 몸들은 이런저런 체액을 매분 매초 분비하며 똑같이 살찌고 마르고 병들며 늙어간다. 몸은 순순히 잊히지 않는 진실이다. 이런 인간의 비루함을 폭로하고 싶다! 근데 완전 지적으로 그렇게 하고 싶다! 그래, 나는 모순덩어리다! 그때 문득 이런 생각이 드는 것이다. 이런 교착 상태를 돌파할 때 필요한 것, 그게 바로 기세인 것 같다고.

처음 〈야인〉을 만나던 순간으로 돌아가본다. 커튼을 젖히며 이선민의 빵빵하고 단단하고 커다란 배가 나타난다. 그의 나머지 신체는 아직 나타나지도 않았다. 그의 몸은, 외람되지만 좀 압도적이다. 턱걸이도 많이 하고 밥도 많이 먹었을 것 같은 몸이다. 객석의 동료들은 종종 이선민을 향해 "몸이 어떻게 저러지…?" 웅성거린다. 그는 그 몸으로 고릴라도 됐다가 버즈 라이트이어도 됐다가 살색의 감독 무라니시도 됐다가 누구 아버지도 됐다가 아기도 됐다가 한다. 그는 잘 벗고 자주 벗는다. 인터넷 세상에서 벗은 이선민을 찾는 건 전혀 어렵지 않다. 팬티만 입고 복싱을 하는 이선민, 팬티만 입고 나라 욕을 하는 이선민, 팬티만 입고 미국 국가를 부르는 이선민, 팬티만 입은 조훈의 뺨을 때리는 팬티만 입은 이선민, 뒤집기 시기를 맞은 아기를 연기하는, 역시나 팬티만 입은 이선민…. 새로 쓴 농담을 시연하고 찜찜한 반응을 얻은 어느 날이었다. 왜 나는 잘하는 게 말밖에 없을까? 말로도 못 웃기는데 이젠 뭘 할 수 있을까? 지금부터라도 대머리 가발이나 원숭이 코스튬을 소화하는 연습을 해볼까? 입고 뭘 할 수 있을까? 창피해하는 것 말고 뭘 하긴 할까? 내 농담에서 어떻게든 안 웃기거나 불쾌한 지점을 찾아내고야 말 (가상의) 비평가들을 미워하다가, 그런 관객들이 지켜보는 무대를 알몸으로 뛰어다니는 코미디언들을 생각하자 가슴속에서 따뜻한 동지애가 솟구쳤다. 그날 새벽에는 이선민을 보다가 눈물을 살짝 훔쳤다. 웃겨서, 그리고 좀 감동받아서. 그건 흡사 올림픽 비인기종목을 볼 때의 감동과 닮았다. 누가 알아주지 않아도 자기 할 일을 도맡아 해내는 압도적으로 우월한 몸들을 볼 때의 감동 같은 것. 결국 기세란 몸에 있는 게 아닐까. 그것도 곤경에 처한 몸에. 적어도 곤경이 없다면 기세도 필요 없다는 사실만큼은 확실하니까.

삶의 크고 작은 곤경 속에서 줄곧 〈야인〉을 부르면 힘이 난다. 집안일에 치일 때도 글쓰기에 치일 때도. 야인론으로 돌파할 수 없는 상황은 생각보다 적다. 수건에서 냄새가 나. 근데 야인은 그런 거 신경 안 써. 요즘 너무 못생긴 것 같아. 근데 야인은 그런 거 신경 안 써. 지금 쓰는 글 쓰레기 같아. 근데 야인은 그런 거 신경 안 쓰지. 야인의 기준을 적용하면 대부분의 일이 견딜 만해진다. 잘못 말려서 걸레 냄새가 나는 수건으로 얼굴을 닦고 매일 바르는 로션을 똑같이 찍어 바른 뒤에 쓰던 글을 마저 쓴다. 이런 아수라 백작적 독백을 옆에서 내내 지켜보던 애인이 조심스레 묻는다. 야인은 그러니까… 뭐지? 인간이 아닌 거예요? 나는 대답 대신 부르던 노래를 이어 부른다. 나는 야인이 될 거야. 거친 비바람 몰아쳐도, 아무도 나를 위로하아…지 않아….

강간 농담 성공하기

공연의 한 장면으로부터 시작하고 싶다. 지금으로부터 약 2년 전인 2023년 12월, 나는 〈2023 코미디캠프: 관찰〉이라는 공연을 하고 있었다. '관찰'은 이 공연의 기획자인 김진아 연출이 무대에서 1인 코미디를 선보일 네 사람에게 제시한 그해의 주제어였다. 2020년의 주제어 '틈', 2021년의 주제어 '어린 시절', 2022년의 주제어 '파워게임'과 마찬가지로 코미디와 깊은 관련을 가지고 있는 단어였다. 그 관련을 각자의 방식으로 해석하는 게 나를 포함한 퍼포머들의 과제였다. 아래 장면은 내가 쓴 대본의 중반부다.

만약에 제가 관객을 이렇게까지 심혈을 기울여서 파악하지 않아도 된다고 하면 꼭 해보고 싶은 농담이 있습니다. 아니면 관객을 파악하는 능력을 잘 키워서, 지금보다 선을 좀 더 잘 타게 되면 꼭 성공시키고 싶은 농담이 있어요. 그 농담은 이렇게 시작해요.

제가 열여섯에 강간을 당했어요.
그게 트라우마로 남아서 아직도 악몽을 꾸는데요.
어제 꿈에도 그 사람이 나타났어요.
정말 끔찍한 악몽이었어요.
그 악마 같은 새끼가 지스팟만 피해서 찌르더라고요.
(사람들을 관찰한다.)

관객에게 말해지지 않는 마지막 문장, 그러니까 '사람들을 관찰한다'는 지문에 내 공연의 핵심이 있었다. 음성언어 대신 깨끗한 시선 처리와 침묵을 통해 표현하는 4초 정도의 '관찰' 타임. 아무도 웃지 못할 것이 명백한, 아무도 웃지 않도록 사전에 계산한, 망한 농담의 구다리. 방송 사고에 가까운 순간을 일부러 재현하고서, 나는 그 4초 동안 사람들의 충격, 불쾌감, 당황, 걱정, 연민, 원망 등이 담긴 표정을 유심히 살폈다. 그 장면을 통해 내가 극적으로 표현하려던 코미디와 관찰의 관계는 그런 거였다. 농담은 다른 이야기 형식보다 유연하고 조바심이 많으며, 웃음이라는 결과에 의존적이다. 농담꾼은 반응을 관찰한 결과를 바탕으로 그 자리에서 이야기를 시정하고 협상한다. 방금 누구도 즐겁지 않았음을 잘 확인하고서, 나는 '이런 어린 시절의 트라우마를 극복하고 완성한 새 책을 구매해달라'고 너스레를 떨며 분위기를 전환했다. 당연히 한 번에 녹일 수 있는 분위기는 아니었다. 충분한 설명과 위로의 시간이 필요했다. 나는 농담이라는 양식의 구조를 설명하고, 연말에 코미디 공연을 보러 와서까지 "여성 예술가의 자기학대쇼"를 보아야 하는 관객들의 고충을 위로하고, 강간 농담에 웃지 못하는 관객들의 심정과 사정을 여러 방향으로 추측해보고, 당시 방영하던 〈고려거란전쟁〉 이야기를 실감나게 전달했다. 그리고 관객들이 어렵사리 다시 웃게 되었을 때 다른 강간 농담을 던졌다.

내가 연출과 공유한 공연의 목표는 확실했다. 강간 농담에 성공하기. 성공의 의미도 명확했다. 그런 농담을 던지는 행위가 공연자인 나에게 어떤 깨달음과 해방을 주든 간에, 관객을 웃기지 못하면 실패였다. 지극히 개인적으로나 의미가 있을 '승화' 체험 현장에 타인을 초대하는 이기적인 공연자가 되고 싶지는 않았다. '생존자'에게 보내지는 응원이나 연민의 박수, 또는 고발의 말에 따라오는 통쾌함의 박수도 피하고 싶었다. 다만 여느 때처럼 내게 일어난 일을 우습게 말하고 좋은 시간을 보내고 싶었다. 인간에게 일어나는 나쁜 일들이야말로 좋은 농담이 되곤 한다면, 강간도 그럴 수 있는지 알고 싶었다. 강간이 특별히 우습다고 생각했다기보다는, 왜 강간이 특별히 우습지 않은지가 궁금했다.

결과적으로 그 공연에서 강간 농담은 크게는 세 번, 좀 더 잘게 분절한다면 네 번 등장했다. 뒤로 갈수록 더 웃을 수 있도록 설계했고, 다행히 대부분의 회차에서 관객은 내 기획에 응답해주었다. 웃지 못하거나 불쾌해한 사람도 물론 있었다. 그럼에도 네가 왜 그러고 싶은지는 알겠다는 눈치였다. 공연 뒤풀이를 마치고 헤어지면서, 연출과 나는 포옹과 함께 이런 대화를 나눌 수 있었다. 강간 농담 성공하고 싶다더니, 정말 성공했어! 해냈어! 여기까지 읽으면 그렇게 재밌게 들리지 않는데, 대체 어떻게 성공했다는 건지 의심스러운 사람들도 분명 있을 것이다. 그런 사람들과는 다음을 기약하면서, 공연으로부터 2년이 지난 지금 이 글에서는 그 성공이 어떻게 가능했는가보다 성공 이전에 어떤 실패들이 있었는지를 복기해보고 싶다.

강간으로 농담을 하고 싶단 욕망을 작년에 처음 가져

본 것은 아니다. 그것은 내가 십대 때부터 간직해온 기묘한 열정이다. 열아홉 살 무렵, 어느 글쓰기 수업에서의 일이다. 그날 나는 (기억할 수 있는 선에서는) 처음으로 강간 농담을 시도하고 장렬히 실패했다. 무척 춥고 비가 쏟아지던 날로 기억하는데, 그 하루가 오한에 가까운 수치와 쓸쓸함을 남기는 바람에 계절 정보를 완전히 잘못 저장했을 가능성도 있다. 그날 수업에는 선생님을 포함해세 사람밖에 없었다. 읽고 피드백을 나눌 글은 내 글 하나뿐이었다. 당시 내가 쓰는 모든 글에는 빠짐없이 섹스얘기가 나왔고, 그 글도 예외는 아니었다. 선생님은 평소와 달리 피드백을 짧게 마치더니, 그윽하고도 단호한, 따스하지만 흔들림이 없는 눈으로 나를 보며 물었다.

"그런데 담은 왜 섹스 얘기만 해?"

나는 그의 질문에 거의 반사적으로 대답했다. 그러나 질문과 답 사이의 그 짧은 공백 동안, 나는 나를 빠져나가 저 먼 우주의 여러 구석을 헤매다 자리로 돌아왔다. 잘못한 사람의 머릿속, 또는 진솔하게 대답하기보다 재치 있게 대답하길 원하는 사람의 머릿속에서는 그런 일이 자주 일어난다. 내가 뱉은 답은 이랬다.

"글쎄요, 아마도 어릴 때 강간을 당해서겠죠?"

여러모로 좋은 대답은 아니었다. 솔직하지 못하다는 점에서 그랬고, 섹스와 강간이 동일한 개념이 아니므로 핀트가 다소 엇나갔다는 점에서 그랬으며, 공격적이라는 점에서 그랬다. 선생님과 동료의 반응은 잘 기억나지 않지만 웃지 않았던 것만은 확실하다. 사려 깊고 튼튼한 사람들이 모여 있던 수업의 평소 분위기로 미루어 짐작할 때, 성폭력을 당한 모든 사람이 다 섹스 얘기를 글로 쓰는 데 집착하지는 않는다는 점을 짚어주고 다시 생각해보길 권하지 않았을까? 불행하게도 나는 선생님의 질문에 상처받은 자신만을 달래느라 경황이 없었기 때문에 누구의 말도 제대로 귀담아듣지 못했다.

무엇보다 농담으로서 그 대사가 아쉬운 이유는 실제로는 아무도 감히 웃을 수 없기를 바라는 마음으로 만든 말이기 때문일 것이다. 그 자신의 고통을 가지고도 무려 농담을 할 수 있을 정도로 통제력이 강하다는 사실을 과시하면서, 동시에 발화자의 위악적인 태도와 그가 선택한 자극적인 어휘를 난감해하는 타인의 무력함을 비웃고 싶은 마음. 나는 나와 강간을 연결시킴으로써 나는 미소 짓고 사람들은 침묵하길 바랐다. 말하자면 내 첫 번째 농담에서 강간을 무겁고, 진지하며, 민감한 소재로 생각했던 건 나였다. 나는 결코 우스워지지 않기 위한 방법으로 농담을 택했고, 그 동기는 이랬다. 내게는 힘을 준다. 타인으로부터는 힘을 빼앗는다.

이 민망한 실패는 나를 적잖이 놀래켰다. 내 안에 그토록 강하게 힘을 갈망하는 마음이 있는지 전에는 전혀 알지 못했던 것이다. 이전에도 나는 어디서건 농담꾼을 자처하는 편이었다. 몸까지 잘 쓰진 못했기 때문에 광대라고까지 하기는 좀 애매해도, 말과 말 사이를 파고들어 대화를 환기하고 웃을 구멍을 만들어내는 공간 창출 능력은 꽤 쓸 만했다. 그런 기술은 어느 집단에서든 유용하게 쓰였다. 신입을 부드럽게 안내하기 좋았고, 쓴소리를 주고받는 사이의 긴장을 풀어주었으며, 구성원 간 유대를 빠르게 다지는 데 도움이 되었다. 그러니까 나는 내가 농담을 좋은 일에 쓰고 있다고 생각했다. 그러나 그날 나는 분명하게 누군가에게 상처를 주고 싶어 했다. 내가 상처받았다는 이유로. 폭력을 경험하고 고통스러운 시간을 보낸 사람이라고 해서, 자동적으로 폭력을 의심하고 경계하며 성찰하는 방향으로만 감각이 발달하게 되는 건 아니었다. 오히려 타인에게 가학적으로 굴 기회를 노려 주체성을 회복하려는 위험한 인간이 될 가능성도 충분했다. 내가 그 농담을 통해 잠깐이나마 어떤 지배력을 만끽하려고 했던 것처럼.

이후로 나는 웃음을 탐구하는 사람은 사실은 힘의 문제를 탐구하는 게 아닐까 생각하게 되었다. 내 느슨한 도식은 이랬다. 힘을 너무 많이 가진 사람은 폭력적이 된다. 힘을 너무 적게 가진 사람은 슬퍼진다. 두 경우가 모두 비극이다. 그 사이 어드메에 희극이, 웃음이 있다. 다음번에 꼭 웃기고 싶었다.

지난해 코미디 공연을 준비하면서, 나는 10년 전의 첫 번째 실패를 떠올렸다. 내가 미처 인지하지 못했던 미움이나 폭력성을 발견하고 조절하는 작업을 똑같이 거쳐야 했기 때문이다. 열아홉의 내가 감히 웃는 사람들을 미워했다면, 서른의 나는 감히 웃지 못하는 사람들을 미워하고 있었다. 결과적으로는 폐기되거나 수정되었던 농담들에 그런 흔적이 여실히 남아 있다. 아래의 두 농담은 모두 공연에는 올라가지 않은 농담들이다.

저는 첫 경험을 열아홉에 했습니다. 좀 늦었나요?
그 전까지는 주로 강간을 당했어요.
경력 있는 신입? 예수를 낳으신 동정녀 마리아?
제가 뭐 그런 겁니다.

동료 시민으로서 십대 여성이 강간 당한 얘기를 하는 데 웃을 수는 없지, 지금은 웃지 말고 가만히 있다가 딸은 집에 가서 치자, 이런 분도 있을 거예요. 교복 취향이신 분들의 상상에 좀 도움을 드리자면 저희 학교 하복은 남색 세라복이었습니다.

(웃지 않는 이유를 이렇게 저렇게 추측해본 후에 관객을 연기하며) 어떡해... 어린 나이에 성폭력을 당해서... 그런 거

아니야? 강간 당해서 영혼이 망가?지고 존재가 파괴?된 거 아니야? 그러지 않고서야….

나는 오랜 시간 성폭력에 노출된 경험이 있는 사람, 그 이후에 그 경험과 유관한 슬픔도, 무관한 슬픔도, 지극한 기쁨도 모두 가져보며 괜찮게 살아온 사람으로서 동의할 수 없었던 많은 말들을 생각하며 농담을 썼다. 어떤 이는 내가 괜찮을 수 있음을 믿지 않았다. 큰 충격으로 스스로 인지하지 못하고 있을 뿐, 이렇게 덤덤하게 말을 할 수 있다는 것 자체가 트라우마 반응에 해당한다고 말했다. 어떤 이는 그 경험과 나를 분리해서 생각하는 법을 모르는 것 같았다. 실은 그 경험이 내 정신과 몸에 지울 수 없는 표식을 남겼기를 은근히 기대하는 변태적인 시선도 있었고, 진실한 사랑에서 비롯된 섹스가 얼마나 좋은지 모르게 된 나를 연민하는 시선도 있었다(아마도 내 취향이 좀 '비정상'적이라고 느꼈던 모양이다). 어떤 이는 내가 괜찮다고 말한다는 사실에 분노했다. 비슷한 경험으로 고통받고 있을 다른 피해자를 배신하고 있다는 듯이 굴었다. 그 말들은 어느 정도는 사실이었을지도 모른다. 모든 경험은 미미하게든 결정적으로든 사람에게 영향을 끼친다. 그러니 내 영혼의 일부는 성폭력을 소화하는 과정에서 만들어지기도 했을 것이다. 또 강간이 사람을 비가역적으로 훼손하는 무시무시한 범죄가 아니라면, 가뜩이나 여성혐오 범죄가 많은 나라에서 가해자 처벌과 피해자 회복을 위해 노력할 사람이 적어질지도 모른다.

그런데 정말 그런가? 나는 궁금했다. 내게 성폭력보다 더 긴 시간에 걸쳐 타격을 준 건 성폭력의 영향력을 단정 짓는 말들이었다. 성차별주의자든 페미니스트든 비슷한 전제를 공유했다. 강간 이후의 삶이 예상 가능하고 단순한 방식으로 망가졌을 거라는 전제. 그건 사실이 아니었다. 다른 모든 이에게 그렇듯, 내게도 삶은 변칙적이고 불가해하며 입체적이었다. 강간은 섹스가 아니라지만, 나의 경우 어찌 됐든 성기 부근에서 일어난 일들을 세세히 구분 짓는 게 귀찮았던지 성폭력에 노출되었던 시기에 자위를 시작했다. 그 사람이 나오는 악몽을 꿀 때가 물론 있었지만, 한낱 꿈은 가난의 문제나 관계의 문제에 비하면 현실에서 발휘하는 영향력이 비교할 수도 없이 작았다. 그리고 가해자들은 폭력이 별일이 아니어서가 아니라 반대로 너무나 별일이어서 힘을 행사하지 않던가? 말하자면 이것이 무시무시하고 끔찍한 일이기를, 자신이 타인에게 그 정도로 유의미하기를 기대하면서 폭력을 행하지 않던가? 나는 그들의 욕심을 채워주고 싶은 생각이 없었다. 나는 진실로 강간이 가벼운 일이기를 바랐다. 가벼우니 더 많이 일어나도 상관없다는 의미가 아니다. 아무리 주의를 기울여도 결국 누군가는 성폭력을 당한다면, 그가 그 일을 레고 블록을 밟는 일 정도로 다룰 수 있는 힘을 가질 수 있길 바란다는 의미다. 잠시 끔찍하게 아프지만, 금방 괜찮아지는 일. 나중에 생각하면 좀 우습기도 한 일. 강간이 레고 블록과 비슷한 무게까지 가벼워진다면, 강간을 실행하려는 사람은 점점 사라질 거라는 게 내 생각이었다. 그러니 만사를 '가볍게' 만든다는 혐의를 받곤 하는 농담의 양식 속에서 성폭력 문제를 다뤄보겠다는 내 생각도 마냥 터무니없지만은 않았다.

×

나는 17년 차 스탠드업 코미디언 에이프릴 메이시의 이런 농담에서 내 욕망과 아주 비슷한 욕망을 발견한다.

난 아주 어릴 때 섹스를 했어.
얼마나 어렸느냐면
섹스 하고 나서
〈프래글 록〉을 봤어.

〈프래글 록Fraggle Rock〉은 〈세서미 스트리트Sesame Street〉라는 전설적인 쇼를 만들었던 짐 헨슨의 또 다른 인형극 프로그램이다. 〈짱구〉 정도에 비교하면 이 농담의 고약한 면모가 잘 드러날 것 같다. 아동 성폭력의 가능성을 암시하는 이 농담이 시전되자마자 객석 곳곳에서는 비동의의 탄식과 한숨이 터진다. 에이프릴 메이시는 그런 반응을 마주한 후에 일차원적으로 우스꽝스러운 소리를 냈다가, 섹스야말로 인류의 제일가는 공통점인데 왜들 그러시냐며 너스레를 떨기도 한다. 수습이 아주 수월해 보이지는 않았다. 물론 농담이 실패하는 이유에는 아주 여러 가지가 있다. 관객과 충분히 친해지지 않은 게 원인일 수도 있지만, 타이밍이나 호흡이 어색했을 수도 있고, 퍼포머의 젠더, 머리 길이, 표정, 억양, 인종, 국적 등이 그 농담과 궁합이 좋지 않았을 수도 있다. 더 단순하게는 좋은 농담이 아니었을 수도 있다. 그럼에도 나는 아쉬워하는 그의 모습에서 어떤 동질감을 느꼈다. 당신은 분명 괜찮지 않다고 말하는 사람 앞에서 나도 비슷하게 어색한 표정을 지었을 테니까.

그러니까 에이프릴 메이시도 나도 다소간 인정해야 할지도 모른다. 성폭력을 가볍게 만드는 일은 퍼포머 혼자서 할 수 있는 일은 아니다. 관객은 당신이 불쾌하고 비윤리적인 인간이라고 생각해서 웃지 않았을 수도 있지만, 그저 당신이 괜찮은지가 진심으로 걱정되었을 수도 있다. 당신에게 힘이 있다고 말하는 것으로는 충분치 않

고, 그 힘을 설득시키는 것까지가 퍼포머의 몫이다. 타인
의 믿음이 없이는 당신의 힘도 없다. 내가 폐기한 농담들
에는 모두 어떤 원망이 담겨 있었다. 왜 나를 믿어주지
않냐는 원망. 너를 걱정하는 사람까지 조롱하는 건 도움
이 되지 않을 수 있겠다는 연출의 말에, 나는 웃지 않는
관객의 마음을 추측하는 대목을 다음과 같이 수정했다.

아니면 뭐 그런 걸까요? 제가 정말로 강간 피해 당사잔지
아닌지 파악이 되기 전까지는 반응을 결정할 수 없는,
그 전까지는 웃는 상태와 웃지 않는 상태에 동시에 놓여져
있는 슈뢰딩거의 관객 상태라거나? 그게 아니면 어찌
됐든 강간으로는 절대 농담하면 안 되지! 그렇게 마음을
닫아버리셨다거나? 아니면 저를 너무 걱정하게 되어버리셨고
그 마음을 돌이키기가 어려우시다거나…? 경우의 수가 많겠죠.

실제로 이 대목은 웃음을 노린 게 아님에도 현장에서
의외로 좋은 반응을 이끌어냈다. 공연 말미에, 나는 믿어
주지 않으면 사라지는 입장에 놓인 팅커벨을 퍼포머의
입장에 비유하며 관객에게 물었다. 저를 믿으시나요? 내
가 그렇게 물었을 때 천천히 고개를 끄덕여주던 관객들
을 생각한다. 그 관객들 사이에서 나는 어떤 얼굴들을 보
았다. 가장 크게는 아니지만 가장 정확하게 웃던 사람들.

주로 입을 가리며 킬킬 웃는 방식으로 공연을 즐기곤 강간 농담이 제일 좋았다는 인사를 남기고 갔던 사람들. 나와 비슷한 이유로 힘을 탐구하게 되었음이 분명한 사람들. 만약 그들의 코미디도 볼 수 있다면, 나는 그들에게 꼭 말해줄 것이다. 나는 믿어요. 당신에게는 힘이 있지요?

■「강간 농담 성공하기」,『한편』16호.

조커 만드는 레시피

우선 비밀을 만들 것

중요한 깨달음은 종종 자다가 온다. 어느 새벽 나는 여름 이불처럼 얇은 잠을 걷어치우며 번쩍 몸을 일으켰다. 마음 속 일기장에 또박또박 적었다. 내가 왜 안 되는지 알았다. 그건 바로 비밀이 없어서다! 사람이 매력적이려면 비밀 하나는 있어야 하는 법인데! 얼른 비밀을 만들어야 한다! 그 점을 마음에 똑똑히 새기고 나를 따라 깨버린 개의 목덜미를 긁으며 도로 누웠다. 의식의 모래톱으로 천천히 잠이 밀려왔다. 내일 다 잊어버리는 거 아니야? 불안해져서 반쯤 감은 눈으로 메신저를 켜곤 나와의 채팅창에 이렇게 적어 보냈다. 아침에 일어나면 비밀을 만들 것.

　나와의 채팅창에는 이런 식으로 자다 깨서 적은 메모들이 많다. 잠재의식이라는 호수의 물이 채 마르지 않은, 반쯤 젖은 정신으로 휘갈긴 말들답게 때로는 나조차도 뭘 쓴 건지 이해하기 어렵다. 제정신으로 쓴 메모들도 시간이 많이 지나면 남이 적은 쪽지처럼 낯설게 느껴진다. 근 석 달 동안 썼던 메시지 중에 몇 개를 보자.

　이를악물고귀엽다고하는여자들(귀엽다는 지나치게 자존심이 센 사람들이 자주 쓰는 말이다), 그는 나의 가장 다정한 친구이면서 가장 재능없는 친구였다(소설에 쓸 문장으로 추정되니 오해 말길), 예수닌 파운데이션(오타 그대로 옮겼다. 이게 무슨 말일까?), 아저씨 임신햇구나 생각(어떤 아저씨를 보고?), 롯데리아 버거 제안 123 버거 절차적으로 정당한 버거!(계엄 즈음에 썼다), 너한텐 키치야? 나한텐 삶이야, 크리넥스(살 것), 지하철 수유실에 들어갔어요 배가 고파서, 매일 자기 전에 명언을 만들고 매일 아침 까먹는다(내가 나아지지 않는 이유를 추측하다가 문득), 친구들이 섹스한 날은 감이 온다, 아도겐 어류겐 에스트로겐, 늘 보지만 너무 야무지셔서(카페 옆 테이블 대화를 훔쳐 듣다 받아 적은 문장인데 보지가 야무지다는 뜻으로 들려서 혼자 정신을 차리기 힘들었다. 속으로 했던 말은 '그

걸 어떻게…?'), 독실한 기독교인 약 먹으니까 하느님 사
라짐(조크로 정리한다면… 요즘 우울해요/ 우울증 약을 먹은
이후로/ 하느님 말씀이 안 들리기 시작했거든요), 크리넥스(아
직도 안 샀다), 그런 말에 옛말이 있죠, 제 개는 안 물어
요 당신의 의견을, 시를 보내는 친구를 갖고 싶었다 그
게 내가 그 망할 글쓰기 클럽에 들어간 이유였다 시를
보내는 시발년들이 드글드글한 곳에(언젠가는 꼭 쓰고야
밀 소설의 도입), (…).

적고 보니 누군가 이 말들로 내 호수의 수질을 평가할
까 봐 걱정이 된다.

이 채팅창은 어엿한 글 한 편으로 완성되기에는 깊이
도 길이도 모자란 문장들이 잠시 또는 영원히 머무르는
천막이고, 내다 버리지 못했다는 것 말고는 공통점이 없
는 생각 조각이 쌓여 있는 잡동사니 함이다. 대체 언제
쓸지 모를 소설의 한 문장부터, 자기 전에 본 책이나 영
상에 다는 댓글, 거리에서 지나친 사람들에 대한 짧은 인
상 묘사, 지나가다 들은 말 중 재밌었던 것, 오늘 치 아이
러니들, 내일 마트에서 사야 하는 품목, 이따 보낼 메일의
초안까지.

그중에서도 내가 나에게 제일 많이 보내는 건 그냥 잊
어버리기 아까운 농담들이다. 너무 기발해서, 또는 너무

바보 같아서. 이 농담들은 어떤 무대를 상정하고 만들어지는데, 그렇다고 내가 그 농담들을 실제로 타인 앞에서 들려준단 뜻은 아니다. 이 무대는 그냥 내 머릿속에만 있다. 상상의 무대라고 해서 호화롭거나 환상적이진 않다. 붉은색 벨벳 커튼을 배경으로 스탠딩 마이크 한 대가 핀 조명을 받으며 서 있는, 게티이미지뱅크에서 'stage'를 검색하면 바로 나올 것 같은 그런 전형적인 모습이다. 이 무대가 언제부터 거기 있었는지는 기억이 안 난다. 나는 자주 이 머릿속 무대에 올라 우스운 생각을 우스운 말로 지껄인 다음 웃음, 박수, 애교스러운 야유 등을 들으며 흡족하게 내려온다.

24시간 열려 있으며 내게 우호적일 게 보장된 이 무대는 일상적으로 유용하다. 사람들 사이에 있다가 별안간 두개골에 있는 어떤 구멍으로 영혼이 쑥 빠져나갈 때가 있다. 영혼이 된 나는 천장의 한 코너에서 사람 무리와 그 속의 나를 내려다보고는 웃음을 터뜨린다. 곧장 무대에 올라가서 내가 보고 들은 것을 말한다. 평범하고 자연스러운 상호작용으로 가장하고 있지만, 밖에서 보면 하나 마나 한 소리였는데요! 끝으로 애니메이션 〈라이온 킹〉의 OST 중에서 한 곡 들려드리겠습니다. 하나나 마나나~ 정말 멋진 말이지~ 근심과 걱정 모두 떨쳐버려~. 다들 반응이 왜 이래? 하쿠나 마타타 몰라요?

시트콤에서 쓰는 녹음된 폭소가 들리면 무대는 끝난다. 어느새 나는 다시 사람들 사이에 있다. 전보다 미묘하게 즐거워진 마음으로 고통스러운 대화를 이어간다. 티안 났겠지? 의식의 손발이 맞지 않으면 현실에서까지 웃기 쉬우므로 주의해야 한다. 실은 나는 혼자 웃어서 곤란해질 때가 자주 있다. 의아해하는 사람들 앞에서 웃음의 이유를 아슬아슬 설명하고 진땀을 훔친다. 한동안 자기소개에 울어야 할 때는 웃음을 터뜨리고, 웃어야 할 때는 울음을 터뜨리는 사람들에게 소속감을 느낀다고 썼다. 그럴듯하게 표현했지만… 그냥 내가 조커라는 말이 아닌지…. 아기들이 그렇게 많이 웃는 이유는 머리에 난 숨구멍이 아직 다 닫히지 않아서일지도 모른다. 수시로 영혼이 들락날락해서, 이 모든 게 다 우스워 죽겠는데 자기위에 드리운 거대하고 딱딱한 얼굴들한테는 무엇도 설명할 수가 없어서. 그래서 그 말랑한 숨구멍을 통해 다른차원에 존재하는 코미디 무대에 다녀오는지도. 객석에다른 아기들이 가득 앉아 있는….

이렇게 흐름을 방해하는 생각들, 이를테면 아무 어른의 에스코트도 없이 까꿍 앉아 있는 아기들로 꽉 찬 공연장에 관한 생각. 머릿속 무대는 바로 이런 딴말들을 위해 있고, 내가 현실에서는 딴말을 덜 하는 사람으로 기능하도록 도와준다. 가상의 무대에서 독을 빼고 나면 편안하고 유창하게 사회적 상호작용에 참여할 수 있다. 자연스러움이라는 게 뭔지 아는 듯이 보일 수 있다. 어색하고 눈치 없는 인간임을 들키지 않을 수 있다. 연습을 오래 했더니 오히려 이제는 내가 뱉는 말들이 미끄덩하게 느껴지기까지 한다. 어떻게 저렇게 말을 잘하지? 때로 내 말은 나보다도 더 완성되어 있다. 내 말이 나를 소외시킨다. 가끔씩은 이 모든 걸 까발리고 싶다! 진짜 무대에서 여기 적힌 말들을 해버리고 싶다. 부적절하고 고약하며 실없기 그지없는 말들을. 24시간 열려 있지도, 내게 우호적일 것이 보장되지도 않은 현실의 무대에서 말이다. 내 안쪽에 있는 사람만을 웃기는 데서 만족하지 말고, 풍선 인형들이 아니라 진짜 사람들이 앉아 있는 객석에 마주 서서.

바로 이런 사람들을 위해 오픈마이크라는 게 있다. 오픈마이크란 스탠드업 코미디언, 또는 스탠드업 코미디언이 되고 싶은 사람들이 새로 쓴 농담을 실험해보는 무대를 말한다. 오픈마이크에서 리허설과 공연은 하나로 합쳐진다. 오픈마이크에서는 갓 쓴 농담이 적힌 핸드폰이나 노트를 손에 쥐고 말하는 사람들을 많이 볼 수 있다. 가장 날것의 농담들을 위한 무대. 오픈마이크에 나가는 상상은 이 세상에 스탠드업 코미디라는 장르가 존재한단 사실을 알았을 적부터 해왔던 것이었다. 아침에 일어나면 비밀을 만들 것, 이라는 다짐을 아침에 일어나서 확인하는데 그 위로 빽빽하게 쌓인 농담들이 새로 보였다. 오래 밀린 숙제를 보듯 가슴이 갑갑했다. 겁쟁이의 농담들이지 뭐야. 무대를 간절하게 원하는 동시에 두려워하는 사람의 채팅창. 이 노란 감옥에서 말들을 풀어줄 때가 된 것 같다고 생각했다. 그러니까 오픈마이크에 다녀오자. 다녀오기 전까지는 이 사실을 사랑하는 사람들에게 비밀로 하자. 나는 오픈마이크를 신청하고 채팅창에 있던 농담들을 종이 노트에 옮겨 적었다.

그런데 잠깐, 나 왜 웃길 수 있다고 생각하는 거지? 무슨 자신감으로 관객들이 좋아할 거라고 생각하는 거지? 아무도 웃지 않으면 어떡하지? 더 최악으로는, 내가 먼저 웃어버리면 어떡하지? 그냥 아서 플렉이 되면 어떡하지? 인생 첫 오픈마이크에서 자기 이름을 말하기도 전에 무대가 떠나가라 폭소를 터뜨린 그 외톨이처럼?

간신히 조커 되지 않기

당신도 외톨이거나 외톨이였는지 궁금하다. 그렇다면 혹시 숨을 참는 버릇이 있거나, 숨이 잘 안 쉬어진다고 느낄 때가 많은지도. 나는 외톨이를 생각하면 벽장, 화장실, 참호, 지하 벙커, 나무 덤불 등에 몸을 숨긴 채 손으로 입을 꼭 틀어막고 있는 누군가의 이미지가 떠오른다. 외톨이들은 숨을 참는다. 정체가 발각되면 안 되니까. 외톨이의 정체는 다양하다. 남들과 다르다고 여겨지는 속성은 무엇이든 은폐의 대상이 된다. 가난함, 무식함, 못생김, 뚱뚱함, 가슴이 너무 큼, 가슴이 너무 작음, 문신 많음, 입 냄새 남, 여잔데 여자 좋아함, 남잔데 남자 좋아함, 어린데 아저씨 좋아함, 내가 누군지 모름, 포르노 많이 봄, 섹스 해본 적 없음, 섹스 너무 많이 함, 폭력 좋아함, 사실 영어 모름, 이상한 책 읽음, 책만 펴면 잠, 보이스피싱 당함, 엄마 없거나 아빠 없음 등등. 만약 외톨이가 숨을 더 이상 참지 못하고 파- 뱉어버린다면 그의 이상함이 만천하에 탄로날 거다. 적군이 그를 찾아낼 거고, 괴물이 그를 들어 올릴 거고, 경찰과 나즈굴이 그의 목덜미를 잡을 거다. 그가 자지 않고 부부 싸움을 엿들었다는 사실을 안 그의 아버지가 분노하여 그를 벨트로 때려버릴 거다. 지나가던 일진들이 시비를 걸 거다. 외톨이는 평생 숨쉬기를 통제해야 한다는 긴장 속에 사는 사람이다.

토드 필립스의 〈조커〉에서 아서 플렉이 불량배의 타깃이 되었던 것도 그가 숨을 통제하지 못했기 때문이다. 그는 망상증자 어머니를 모시는 망상증자 아들이다. 그에게는 웃음을 참지 못하는 병이 있다. 이것은 불시에 입이 크게 벌어지는 병, 그 입을 통해 많은 양의 숨을 폭발적으로 내뱉는 병, 숨의 타이밍과 양을 틀리는 병이다. 그의 웃음은 기침과 구별되지 않는다. 그에게 웃음은 감정과 무관하고, 신체가 정상 흐름을 되찾기 위해 필요한 무엇처럼 보인다. 크고 잦게 기침하는 사람 근처에는 아무도 가고 싶어 하지 않듯 사람들은 그를 피한다. 지하철에서 여성 승객을 괴롭히며 즐거워하는 남자 무리를 보다가 아서는 폭소를 터뜨리곤 멈추지 못한다. 그가 내쉰 숨 때문에 불량배들은 이제 그가 비정상이라는 사실을 알게 되었다. 이전에도 불량배들이 아서라는 다른 승객의 존재를 모르지는 않았다. 다만 아서는 이 상황에서 웃을 수 있는 건 불량배들뿐이라는 사실, 다른 사람은 그들의 불의함 앞에 숨죽여야 한다는 규칙을 눈치채지 못한 사람으로 보인다. 호흡은 누구에게나 수의적이기도 불수의적이기도 하다. 아서도 마찬가지지만, 다른 사람들에게는 수의적인 호흡의 영역이 그에게는 불수의적이다. 그의 숨은 타인의 숨과 싱크가 맞지 않는다.

아서의 다름, 웃음 포인트의 다름, 그로 인해 아서가 겪는 소외는 단순히 취향의 문제가 아니다. 이것은 숨 쉬는 방법부터 잘못된 사람의 이야기이고, 자기가 통제할 수 없는 영역으로 인해 조롱당하는 사람의 이야기이기 때문이다. 사람들은 뭐가 우습고 우습지 않은지 잘 아는 사람이 코미디언이 된다고 생각하지만, 아서의 경우는 아니다. 아서는 뭐가 우습고 우습지 않은지 잘 모르기 때문에 코미디언이 되고 싶어 한다.

아서의 입장에서 농담과 웃음을 욕망하는 건 의외로 말이 된다. 농담은 늘상 숨을 참느라 신체와 정신의 압력이 높아진 외톨이들이 다소간 긴장을 해소하게 해주니까. 나는 과호흡이 왔을 때 중요한 것은 들숨이 아니라 날숨이라고 배웠다. 숨이 잘 쉬어지지 않는 사람은 불안에 사로잡혀 끊임없이 숨을 들이마시려 하지만, 이미 공기로 가득 찬 폐포에는 새 공기가 들어설 자리가 없다는 것이다. 충분히 내쉬어야 다시 들이마실 수 있다. 웃을 일이 생기면 입은 벌어지고 숨은 빠진다. 농담은 말 그대로 숨 쉴 틈을 만드는 일이다. 우리가 때로 괴로워하는 누군가를 안아주는 대신 놀린다면, 그건 그에게 숨을 쉬라고 말하고 싶기 때문인지도 모른다. 그가 이완하도록 돕고, 저도 모르게 숨을 참고 있었음을 알게 한다. 그렇게까지 긴장할 일이 아니었음을 환기한다. 농담은 공기, 더 추상적으로는 기를 조절하는 일이다. 기가 차면 웃음도 나오지 않는다거나, 기가 막혀서 웃음밖에 안 나온다거나 하는 말들에서 보듯이. 버스에서 만난 아이에게 우스꽝스러운 표정을 지어 보이며 아이를 즐겁게 해주려던 아서를 보자. 농담은 타인을 돌보고 교육하는 순간에 참여하려는 외톨이들의 의지를 보여주는 일이다.

그러나 문제는 아서에게는 그 일을 잘할 수 있는 재능이 없다는 것이다. 그에게는 타인과 공유하는 이 공기란 것을 조였다 풀었다 할 능력이 없다. 자연히 아서는 외톨이들의 악몽이 된다. 그는 감히 자신이 남을 돌볼 수 있다고, 타인에게 어떤 도움이나 깨달음을 줄 수 있는 인물이라고 착각하고 있다. 흔히들 아서가 복지제도가 마지막까지 돌보지 않은 인물들을 상징한다고 말하지만, 내가 볼 때 아서가 무너진 것은 누구도 그의 돌봄을 필요로 하지 않았기 때문이다. 마침내 그가 사실을 알게 되었을 때, 세상이 그에게 폭력적인 방식으로 그런 깨달음을 주입했을 때 그는 코미디언이 되길 그만두고 조커가 된다. 타인의 숨을 조절하는 대신 아예 멎게 하는 살인자가 된다. 이젠 모두가 그를 안다. 가르치고 싶은 마음과 복수심은 근본적으로는 결이 같다. 둘 다 다른 진실을 알게 하고 싶은 마음이기 때문이다. 그러나 가르치려는 자가 타인에 관한 진실까지 공평하게 다룬다면, 복수하는 자는 오직 자신에 관한 진실만을 알리려 한다.

역사상 최악의 코미디

오픈마이크에 나가자는 계획을 세우고 나서, 한동안은 처참하게 망한 코미디 무대 영상들에 사로잡혀 지냈다. 공연을 망치는 악몽을 전보다 자주 꾸게 되었기 때문이다. 웃음 포인트가 다른 자들의 악몽, 외톨이들의 악몽, 아서를 끝내 조커가 되게 만든 악몽. 아무도 내 농담에 웃지 않고 내 존재를 비웃기만 하는 악몽. 그런 악몽이 현실에서 일어난 사례들을 수집하여 연구할수록 나는 그런 공포스러운 결말을 피할 수 있다는 듯이. 재앙과도 같았던 XXX의 신작 후기, 최악의 오픈마이크 탑 5, 요즘 코미디 누가 망쳤나?, 코미디의 대가가 OOO을 저격하다 등등 자극적인 설명이 붙은 영상들을 보고 또 보았다. 관객들의 침묵과 야유 속에서 치사량의 무안을 떠안은 채 무대를 떠나는 코미디언들을 보며 두려움에 떨었다. 때로는 잔인한 관객들을 대신 원망하기도 했다. 그런 영상에서는 빠짐없이 이런 댓글을 찾을 수 있다. "이렇게 조커가 탄생한 거다." 망한 코미디를 조롱하는 일이 성공한 코미디에 감탄하는 것만큼이나 중독적인 일이어서일지, 인터넷 세상에서는 재능 없는 코미디언을 디스하는 영상을 끝도 없이 찾을 수 있었다. 교사 중 제일은 반면교사라고 한다면 과연 최고의 교사들이 등장하는 교재들이었다. 코미디언 메건 스톨터를 알게 된 것도 그 즈음의 일이다.

나는 메건 스톨터의 무대를 "역사상 최악의 스탠드업 코미디The Worst Stand Up Comedy in History"라는 잔인한 제목의 유튜브 영상으로 처음 보았다. 영상 제작자인

'AugustTheDuck(어거스트라는오리)'은 자신의 정체는 드러내지 않으면서 다른 사람의 영상을 짜깁기하여 조롱하는 내레이션을 얹는 게 주 콘텐츠인 좀 치사한 사람임은 알아두자. 이 오리에 따르면, 메건 스톨터는 스탠드업 무대를 통해 "자신이 그닥 웃기지 않다는 가혹한 깨달음"을 얻는 공연자 중에서도 최악의 사례라 할 만하다. 쪼끄만 코미디 클럽에서 한 줌의 관객을 두고 한 공연이야 다음 날이면 모두가 잇는다. 그러나 HBOmax라는 거대 스트리밍 플랫폼이 '프라이드 먼스'를 맞아 특별 기획한 퀴어 코미디언들의 쇼케이스 무대라면 이야기가 다르다. 이 처참한 공연은 전 세계로 송출됐다. 그의 공연은 "차마 보기가 어렵다". 말이 너무 악의적이지 않나 했지만, 이 오리가 아주 틀린 건 아니었다. 메건 스톨터에게는 등장하는 순간부터 좌중을 얼어붙게 만드는 드문 재능이 있었기 때문이다.

화장도 옷도 어정쩡하게 과한 이 백인 여성은 무대로 뛰어나와 객석에 인사하더니, 냅다 커닐링구스를 뜻하는 제스처를 반복한다. 손가락으로 V 자를 만들고 그 사이로 혀를 들이미는 자신의 모습을 더 가까이 찍으라고 카메라맨에게 주문한다. 새 공연자를 맞이하는 박수는 그가 마이크 앞에 서기도 전에 멎는다. 여기까지 걸린 시간이

10초. 아직 그가 낸 소리라곤 숨소리가 대부분인데도 관객들은 민망함으로 굳어간다. 모로 누운 시청자인 나도 조용히 경악한다. 어떻게 숨을 틀리지…? 그는 공연자라기보다는 생일 파티 주인공 같다. 마침내 꿈의 무대에 서게 된 혼자만의 감격을 한참 만끽하고, 객석에 앉은 사람들에게 무례하게 인터뷰를 시도하며, 머릿속에서는 깜찍했을 돌발 행동을 하고서는 방금 그건 안 웃겼다며 컷을 외친다. 자기 농담에 터지는 건 기본이고, 농담을 반쯤 해 놓고 아닌 것 같으면 자꾸 그만둔다. 민망해서 가빠지는 숨소리가 마이크에 그대로 들어간다. 15분이 넘는 공연 시간 내내 그의 농담은 한 개도 제대로 성공하지 못한다. 마지막 농담을 말하자마자 그는 객석에게 요구한다. 여기가 끝이거든요, 지금 큰 웃음! 큰 웃음 줄 차례! 칭찬 한마디만? 장난이에요. 공연은 끝난다. 객석에 비친 퀴어들의 표정은 심란하다. 동류에게 연대하는 마음으로도 참아지지 않는 공연이 있는 것이다. 영상이 끝나고 까매진 핸드폰 화면에 얼핏 비친 내 얼굴에도 똑같은 표정이 떠올라 있었다.

이 영상의 댓글창은 이 무대가 얼마나 보기 고통스러운지를 창의적으로 성토하는 시청자들로 들끓는다. 이제 1분 지났지만 너무 오그라들어서 보기를 포기했다, 섭외 담당자 해고해라, 관객들이 충격에 마비되어 못 떠나

고 있는 거다, 저 정도로 자기인식이 없는 어른이 실존한
다는 게 공포스럽다, 이래서 애들을 오냐오냐 키우면 안
된다…. 이 영상이 내게 남긴 상흔은 꽤 커서, 나는 이후
로 며칠 동안 틈틈이 메건 스톨터 생각에 사로잡혔다. 그
가 왜 이렇게 신경 쓰이는지 모를 일이었다. 그가 느꼈을,
어쩌면 그는 느끼길 거부했을 수치심이 그대로 내 가슴
에 와서 박힌 기분이었다. 설거지를 하다가도 속으로 중
얼거렸다. 퀴어들이 스스로에게 선물한 자기애와 자긍심
의 구호들에 이런 부작용도 있기는 해…. 임파워링도 좋
지만, 누군가 지나치게 자신감을 얻은 나머지 자기객관
화라는 인생의 중요 과목에서 완전히 낙제해버리면 어떡
해…?

　이 모든 게 메건 스톨터의 연기였다는 주장을 접한 건
한참 뒤의 일이었다. 알고 보니 메건 스톨터는 이런 류의
캐릭터 연기로 소위 MZ 세대의 전폭적인 지지를 받는 코
미디언이었다. 심지어는 AugustTheDuck이 원본 영상
에서 웃음소리를 줄이는 악의적인 편집을 했다는 주장도
제기됐다. 나는 완전히 속아 넘어갔던 것이다. 메건 스톨
터는 모든 공연이 금지되었던 코로나 시기, 트위터와 인
스타를 통해 짤막한 연기 영상을 업로드하면서 폭발적인
인기를 얻었다. 그가 연기한 인물들은 모두 비슷하다. 과

하게 자신감이 넘치고, 자기 자신에게 취해 있고, 스스로 엄청나게 아름답고 웃기고 재능 있다고 믿고, 하지만 실제로는 전혀 재능이 없고, 그럼에도 자신이 이미 유명인이라고 가정하거나 앞으로 유명인이 될 수 있다고 믿는 망상적 인물. 로맨틱코미디 영화의 전형적인 여주인공, 거부할 수 없는 파리지앵 팜므파탈, 슈퍼모델, 미인 대회 우승자, 미국에서 가장 예쁜 대통령 후보자 등등. 각종 '뜨악한' 여성성을 넘치게 재현하는 메건 스톨터가 LGBT 커뮤니티로부터 커다란 사랑을 받은 것은 그가 바이섹슈얼로 커밍아웃을 했기 때문만은 아니다. 그보다는 그가 일종의 드랙 아티스트로 분류되기 때문이다. 메건 스톨터가 직접 정리한 메건 스톨터적 캐릭터의 정수는 이것이다. "Too much". 그녀는 과해서, 지나쳐서 비웃음을 사는 인물 연기의 대가다. 어느 그릇에 담든 절대적으로 넘치게 되어 있는 물의 양 같은 건 없다. 물이 넘치는 이유는 그릇의 부피가 물의 부피보다 작기 때문이다. 이런 두 부피의 차이, 달리 말해 타인의 평가와 자기평가 사이의 현격한 차이를 혼자만 모르는 인물, 자신의 그릇과 깜냥이 충분하지 않음을 인지하지 못하는 인물이 그의 전문 분야다.

메건 스톨터의 우스운 인물 백과에 '스탠드업 코미디언'이라는 캐릭터가 한 페이지를 차지하고 있다는 사실은 흥미롭다. 그는 실제로 여러 코미디 클럽의 오픈마이크 무대에 섰다. HBOmax에서 했던 쇼와 비슷하게, 매번 그가 무대에 구현하는 것은 '망함' 그 자체로 보인다. 성공하지 못하는 농담들의 연속. 웃음과 생명력을 빼앗긴 객석은 점점 죽어간다. 간혹 터져 나오는 큰 웃음은 농담에 대한 반응이 아니라 농담의 실패에 대한 반응이다. 코미디언의 의도가 빗나가는 순간의 민망함에 몸서리를 치다 신음처럼 새어 나오는 웃음들. 메건 스톨터의 다른 영상들과는 다르게, 그의 스탠드업 코미디를 두고서는 이게 연기인지 아닌지 사람들마다 의견이 갈린다. 누군가는 이것이 완벽하게 메건의 의도대로 만들어진 무대라고 말한다. 숨 막히게 어색하고 오그라드는 사회적 상황을 재현하는 크린지 코미디Cringe Comedy의 일종이라는 것이다. 누군가는 이건 그냥 망한 무대 그 이상도 그 이하도 아니라고 말한다. 좋은 크린지 코미디가 주는 오글거림은 결국에는 즐거움으로 이어져야 하는데, 메건의 무대는 그냥 관객을 고통스럽게 할 뿐이라고 말이다. 이런 반응은 이 스탠드업 코미디 영상들이 메건이 크게 성공하기 한참 전에 촬영되었다는 점과도 연관이 있을 것이다. 그는 이때부터 자신의 코미디에 대한 확실한 상을 가지고 있었던 걸까? 아니면 이때의 참혹한 경험들이 그가 훗날 좋은 캐릭터들을 창조하는 데 영감을 준 걸까?

  이런 자기객관화의 부재를 자기 코미디의 중심 요소로 활용하는 코미디언은 많다. 이수지는 교육을 통한 계급 상승에 혈안이 되어 있는 대치동 엄마, 공구로 먹고사는 인스타 인플루언서처럼 눈살 찌푸려지는 인간상을 해상도 높게 재현하며 더욱 스타가 되었다. '수요 없는 공급'류 코미디의 전문점으로는 피식대학도 있다. 정재형이 주연이 된 패셔니스타 패러디 시리즈 '잘입재형'에 이어, 김민수는 맹목적인 찬사와 아부 속에서 살아가는 톱배우의 유튜브 채널을 모방하는 '민수롭다' 시리즈로 많은 사람을 약 올리고 있다. 엄지윤은 훈남이라는 모호하고 넓은 카테고리 속에서 자기 몫을 꾀해보려는 연반인 캐릭터 '엄지훈남'으로 경악과 감탄을 동시에 이끌어낸다. 이런 콘텐츠 속에서 최종적인 비웃음의 대상이 되는 건 그들이 이 캐릭터를 통해 지시하는 인간 군상이다. 코미디언 본체의 뻔뻔함에 질색하는 즐거움은 이내 그의 탁월한 연기력, 희극을 향한 충실성, 의외의 미모 등을 향한 경탄의 감정으로 변모한다. 코미디언들은 비웃음이 아니라 찬사의 대상이다. 마지막에 타격을 입는 건 우월의식에 쩌든 대치맘, 재수 없는 인플루언서, 겸양 떠는 톱스타, 자기애가 지나친 세미-유명인 등의 인간상이다. 이들이 가지고 있는 공고한 특권은 이렇게 놀려져도 회복 불능의 타격을 입지는 않을 것이다. 좀 더 정확하게는 타격을 입는다고 해도 미안해할 사람이 적다. 좀 얄미움을 사는 인간상이니까. 나를 포함해 대다수의 시청자들은 이 캐릭터들을 안전하게 비웃을 수 있는 자리에 머무른다.

　그런데 메건 스톨터의 경우는 좀 다르다. 나는 그의 영상에서 비웃음을 사는 것은 메건 스톨터 본체이거나 그와 닮은 사람들이라는 의심이 자꾸 든다. 비교하자면 김민수가 흉내내는 것은 미인이고, 메건이 흉내내는 것은 자신이 미인이라고 생각하는 사람 그 자체다. 그리고 그 사람은 배우인 메건 스톨터와 위험할 정도로 거리가 가깝다. 그는 왜 로맨틱코미디 영화의 여주인공이 아니고, 슈퍼모델이 아니고, 미국에서 가장 예쁜 여자가 아닐까? 그것은 왜 영상 속 여성의 현실이 아니라 착각일까? 그가 일반적인 기준에 예쁘지 않아서일까? 체구가 큰 여성이어서일까? 설마, 메건은 그를 보며 이렇게 무례한 평가를 내리는 사람들의 추하고 꼬인 속마음을 저격하는 걸까? 이 여성을 대리하여 수치심을 느끼고, 이런 여성과 선을 긋기 위해 자신을 재빨리 비웃는 자의 위치로 데려다놓는, 메건이 정확히 의도한 대로 메건을 조롱하는 사람들이 그의 유머의 숨은 타깃인 걸까? 메건에게 속았다는 사실을 인정하기 어려워서, 메건에 대한 생각을 이렇게나 많이 하고 있는 바로 나 같은 사람들이? 메건은 이런 사람들을 보고 배꼽 빠져라 웃고 있을지도 모른다. 너 그냥 속은 거야! 가짜인지도 모르고 누굴 비웃은 건 너밖에 없어! 네가 '수요 없는 여자'의 존재를 어려워하는 동안, 나는 잘나가는 아이콘이 되었다고! 나는 메건이 나를 웃겨주는 쪽이라고 생각했지만… 우리의 관계가 그 반대였을 수도 있겠다.

그가 너무 연기를 잘해서인지, 솔직히 나는 아직도 그가 사람들이 왜 웃는지 정확하게 모르고 있을까 봐 겁이 난다. 그가 여러 인터뷰를 통해 그 영상들을 진짜라고 믿으며 화내는 사람들이 웃기다고 호탕하게 말해왔음에도 그렇다. 메건의 좋은 연기력과 별개로, 이런 식으로 '자기 분수를 모르는' 인물을 놀리는 형태의 코미디 앞에서 나는 자주 머뭇거린다. 많은 경우 그런 영상이 내게 또 한 권의 지침서처럼 작용하기 때문일 것이다. 사회적 매력과 재능이 뛰어난 사람에게만 허락된 태도와 행동 양식이 있다, 그런 태도를 매력적이지 않은 사람이 욕망했다가는 비웃음이라는 징벌을 받게 된다, 그런 가르침을 주는 시청각 자료로서 말이다. 자격도 없으면서 감히 욕망하는 자. 그게 꼭 나 같아서 느끼는 섬뜩함과 불안함까지를 쉽게 재미로 전환시키기엔 내가 너무 수치심이 큰지도 모른다. 특히 그 욕망이 누군가를 웃기고 싶은 욕망이라면 말이다. 나는 대치동 도치맘, 톱배우, 여심 얻기에

미친 애매한 미남이 나와 비슷하다고 여겨본 일이 없으며 그들을 걱정하지도 않는다. 그러나 웃기려다 실패한 사람, 환심을 사는 방법을 완전히 잘못 알고 있는 사람, 그런 인물이 처한 곤란은 나를 전전긍긍하게 만든다. 그는 나와 너무 닮았다.

실제로 한 팟캐스트에서 메건은 처음 스탠드업 코미디를 시작하던 시절의 일화를 들려준다. 자기는 이만하면 굉장히 웃기다고 생각했는데 다른 사람들이 보기엔 그렇지 않았다고, 심지어 한 친구는 "너 그냥 마이클 스콧 같았어"라는 말로 자신의 무대를 요약했다는 것이다. 마이클 스콧은 크린지 코미디 장르의 대표 사례로도 손 꼽히는 시트콤 〈더 오피스〉의 주인공이다. 그는 던더 미플린이라는 제지회사의 지점장이지만, 회사 운영보다는 부하동료들을 웃기고 관심을 받는 일에 더 몰두하는 딱하고 창피한 인물이다. 마이클은 유치하거나 무례하거나 선을 넘는 장난을 쉴 새 없이 치면서 직원들을 곤란하게 한다. 직원들은 마이클이 상사라는 이유로 간신히 참아줄 뿐이지만, 오히려 마이클은 상사와 부하라는 사회적 역할극을 깨버리면 자신이 더 큰 사랑을 받을 수 있을 거라고, 우리가 친구가 될 수 있을 거라고 믿는다. 그리고 많은 이들이 그렇듯 나도 마이클 스콧을 깊이 사랑한다. 나또한 그 원리를 모르지 않는 숱한 실패를 연민하고, 다른 사람들에게는 자연스러운 사회적 규칙을 이해하지 못하는 그를 짜증스럽게도 속상하게도 바라보며, 친구를 향한 그의 깨끗한 충직함에 결국 무너진다. 마침내 그의 농담이 사람들에게 먹히는 순간에는 웃음과 눈물이 동시에 터진다. 만약 비웃음을 사는 게 마이클 스콧이라는 캐릭터가 지닌 기능의 전부라면 나는 슬플 것이다. 그래서 알고 싶다. 분명 마이클 스콧과 같은 인간의 곤란함에 몰두하다 '재능 없는 코미디언'이라는 캐릭터를 만들게 되었을 메건 스톨터의 속내를. 그가 웃음을 사고 있는지, 아니면 비웃음을 사고 있는지 확실하게 알고 싶다.

비웃음에 관하여

그러니까 나는 비웃음 당하는 일이 어떤 인간도 겪지 않았으면 하는 나쁜 일이라고 생각하는 것 같다. 심지어는 내가 정말 싫어하는 인간이 당하고 있을지라도. 비웃음 몇 번 당한다고 죽을 정도로 인간이 연약하지 않음을 나도 안다. 그중에서도 무대까지 올라가서 자기 생각을 말하겠다는 인간의 자의식이라면, 훈련을 위해서라도 그의 자의식은 다소간 곱게 두들겨질 필요가 있다. 글을 쓰겠다는 나를 친절하게 다듬어준 사람들 덕에 내가 더 큰 창피를 모면할 수 있었듯이. 오히려 그를 동정하는 일이야말로 그에게 최악일 테니 말을 삼가는 편이 낫다. 뿐만 아니라 나도 자주 객석에서 팔짱을 끼고 앉아 저 사람은 아직 창피를 덜 당했다며 냉담하게 구는 관객 편에 선다. 특히 그가 여성, 동성애자, 트랜스젠더, 외국인과 이주민 등 약자에 대한 타자화에 의존하는 낡은 농담을 하고 있다면 더 그렇다. 아무 맥락 없이 "게이"라고만 말해도 킬킬거리는 친구들 사이에서 그가 코미디언의 꿈을 키우게 되었다면, 누구라도 저 사람에게 세상이 녹록지 않다는 걸 알려줘야 한다는 사명감이 불쑥 솟지 않겠는가? 그런 관객이 맘에 안 들면 그가 날 포기하면 된다. 그에게 환호할 객석도 널렸을 테니까. 그곳에 가서 어제는 얼마나 잘난 척이 심한 씹선비들 사이에서 공연을 해야 했는지 토로하면 그만이다. 어느 관객에게도 공연자를 향해 웃어줄 의무 같은 건 없다. 이렇게 조금도 화해하지 못한 채로 우리가 헤어져야 한다는 사실이 못내 슬프지만….

가끔은 공연을 마친 누구에게든 담뱃불을 붙여주고 싶다. 계단참에 앉아서 우리가 어떻게 화해할 수 있을지 얘기하고 싶다. 그의 유머 감각과 내 유머 감각이 비슷하든 아니든, 뭔가를 만드는 일이 하도 좆같아서 줄담배를 피우고 비명을 지르며 냅다 달리기를 하는 쪽에 마음이 간다. 싸늘한 객석을 앞에 두고 망연한 누군가, 이대로 증발한다는 옵션은 없어서 별수 없이 다음 농담을 이어가는 누군가에게. 그는 창피를 당했고, 이제 알아내야 한다. 뭐가 문제였을지. 다음 무대를 원한다면 복기하고 변화해야 한다. 때로 우리는 거리에서 만났다면 주저 없이 서로 중지를 날렸을 악연을 공연장 대기실에서 마주친다. 그나 나나 그 자리에서 투명해지고 싶을 정도로 나빴던 공연 이후에도 다시 무대를 찾았으며, 지난번과 뭔가 다른 걸 준비해 왔다. 공연장은 내 원수에게도 내가 달라지길 욕망한다는 사실을 들켜야 하는 공간이다. 달라진다는 것은 누구에게나 고통스럽고 어려우며 자원을 필요로 한다. 그 과정을 누가 비웃지 않아줬으면 좋겠다는 소망을 똑같이 나눠 가진다는 점에서 우리는 잠시 같은 종이 된다. 관객들이 그의 농담에도 나의 농담에도 웃지 않는 동안 그와 나는 처음으로 똑같은 문제를 푸는 사람들이 된다.

사람들은 왜 웃지 않았을까? 사후적으로 이런저런 설명을 덧붙이는 것은 쉬운 일이다. 혹자는 그가 페미니스트여서 웃기지 않았다고 말하고, 혹자는 그가 성차별주의자여서 웃기지 않았다고 말한다. 이런 식으로 공연자의 개인적인 정체성 또는 정치적 입장이 농담의 효과와 일대일 대응을 이룬다면 코미디는(나아가 창작은) 매우 간단한 일이었을 것이다. 그러나 페미니스트는 페미니스트의 농담에만 웃지는 않고, 호모포비아는 호모포비아의 농담에만 웃지는 않는다. 동성애자를 지나치게 두려워하는 인물을 자기 페르소나의 토대로 삼은 코미디언이 성실한 탐구를 거듭한 나머지 한 바퀴를 돈 다음 결국 우습고 유난스러운 것은 호모가 아니라 호모포비아임을 보이는 데까지 도달해버렸다면 그 농담은 동성애 혐오자의 것일까, 페미니스트의 것일까? 농담의 순간에는 똑같이 웃었더라도, 농담이 끝난 이후에는 진실로 '누가' 웃었는지를 두고 각기 다른 정치적 정당화 작업이 일어난다. 모두가 웃긴 사람이 내 편이기를 바라는 가운데, 우리는 어떻게 새로운 공통점을, 중간지대를 찾는 놀이로서 농담을 지속할 수 있을까?

나는 코미디 클럽에서 철학을 얻어 가길 바라는 까다로운 관객이 아니다. 코미디 클럽에서 내가 원하는 것은 당연히 그냥 웃음이다. 그러나 웃음이 너무나 정치적인 영역인 탓에, 그냥 웃기란 사실상 불가능하다.

나의 삶, 또는 내가 사랑하는 사람들의 삶을 모욕하며 웃음을 사는 코미디언을 보면 욕을 퍼붓고 싶다. 다른 날, 다른 공연에서 그는 나를 아주 웃겨버린다. 피지컬도 발상도 기세도 훌륭한 공연자에게는 정치적 입장을 떠나 깍듯한 존경을 보내야 마땅하다. 그렇게 응원하며 지켜보게 된 코미디언들의 팟캐스트에서 '게이'나 '병신'이라는 말이 판교 사투리만큼이나 자주 사용될 때마다 화들짝 놀란다. 나도 별로 좋아하지 않는 여성 코미디언의 무대라고 하더라도 '역시 여자는 웃길 수가 없어'라는 댓글이 우르르 달리면 속에서 천불이 난다. 나는 헤클러가 싫다. 헤클러는 공연의 가능성을 속단한다. 앞서 나는 유튜브 세상에서 망한 코미디를 디스하는 영상을 끝도 없이 찾을 수 있다고 말했다. 거꾸로 무례한, 술에 취한, 깨어 있는(woke), 페미니스트인 각종 헤클러들을 제압하는 코미디언 모음집 또한 수두룩하게 찾을 수 있다. 농담하고 평가받는 자의 복수심이 드러나는 순간들이다. 코미디언들이 헤클러를 잡을 때 즐겨 사용하는 반격은 농담을 이해하기엔 당신의 지능이 너무 낮다는 말이다. 인종차별주의적 농담에 분개한 한 흑인 여성 관객이 당신은 코미디 클럽에서 좋은 시간을 보내기엔 너무 멍청하다는 코미디언의 독설을 듣고는 눈물을 흘리며 공연장을 나간다. 가슴이 미어진다. 그 여자도 농담이 싫어서 거기 가진 않았을 텐데.

생각보다 자주 코미디언과 관객은 서로를 이겨먹으려는 적대 관계에 놓인다. 코미디언이나 관객이나 더 똑똑한 사람의 위치를 선점하려고 한다. 코미디언은 관객에게 멍청하다고 말하고, 관객은 코미디언에게 멍청하다고 말한다. 누군가의 지능은 놀랍도록 자주 모욕해도 괜찮은 요소로 간주된다. 사회적으로 부적절한 행동을 교정하는 데 지능에 대한 공격이 아주 효과적이기 때문이다.

그러나 계급 차별과 비장애중심주의를 활용하는 언사들, 때로 내게도 유혹적인 그런 표현들은 결국 사용자에게도 깊은 상처를 준다. 심지어 성차별주의자나 동성애 혐오자에게 유효타를 입히기 위해서라고 할지라도 그렇다. 누군가를 비판하기 위해 수준이나 지능, 질, 배움 등의 단어가 동원될 때면 나는 곧바로 얼어붙는다. 내가 누군가를 '호모포비아'라는 질 좋은 외국어로 비난할 수 있게 되기까지는 많은 자원이 필요했다. 그 단어에는 공포를 뜻하는 고전 그리스어 'Phobos'가 포함되어 있고, 동성애 멸시의 기저에는 남성성에 대한 불안 및 공포가 있다는 지식을 접하기 위해 나는 도시로 이사했고 큰 돈을 지불했다. 그리고 가끔 나는 언어를 깨치는 데 돈이 필요하단 사실을 잊어버린 것 같은 사람들에게 큰 적개심을 느낀다.

예술에 대한 취향은 학습되는 것이다. 나는 배워서 얻었다. 그것은 내가 다른 세계, 다른 사회 계급 안으로 들어가기 위해, 그리고 내 출신 계급으로부터 거리를 두기 위해 수행해야 했던, 나 자신에 대한 거의 완전한 재교육의 일부였다. 예술적·문학적 대상에 대한 흥미는 언제나, 의식적이든 아니든 간에 이에 접근 기회가 없는 사람들과 자신을 차별화하고, 자기-구성적인 간격을 만들어낸다는 의미에서 '구별 짓기'를 함으로써, 타인들-'열등한', '교양 없는' 계급-과의 관계 속에서 자기 자신을 바라보는 시선에 의해 스스로를 가치 있게 정의하는 일과 관련되어 있다. 나중에 나는 '교양 있는' 사람으로 살아가며 전시회나 음악회, 오페라 공연에 참석하게 되었을 때, 가장 '고상한' 문화적 실천에 열심인 사람들이 이러한 활동으로부터 자신에 대해 엄청난 만족감과 우월감을 이끌어낸다는 것을 수없이 자주 확인했다.

　　　　　　　　　　　　-『랭스로 되돌아가다』, 120면
(디디에 에리봉 지음, 이상길 옮김, 문학과지성사, 2021.)

사회학자 디디에 에리봉은 이 책『랭스로 되돌아가다』에서 민중 계급 출신, 동성애자, 지식인이라는 세 정체성 사이에서 그가 얼마나 고통스럽게 찢어져야 했는지 쓴다. 노동자의 아들로 태어나 지식인 사회로 진입하는 데 성공한 "계급탈주자"였던 그는 아버지의 죽음을 계기로 자신이 나고 자란 마을 랭스를 방문한다. 랭스는 어린 시절 그의 뼈에 동성애자로서의 수치심을 각인하게 한 호모포비아들의 동네인 동시에, 아카데미에서 그와 어울리는 부르주아 계급 출신 좌파 지식인들이 숨쉬듯 타자화하는 민중 계급의 동네이기도 하다. 청년이 되며 그는 노동자 아버지가 표상하는 모든 것-몸 쓰는 일, 교양 없음,

폭력성, 스포츠 애호, 공고한 성역할, -의 반대쪽으로 있
는 힘껏 자신을 당겼다. 그가 진입한 새로운 세계는 랭스
에서 감추어야 했던 그의 섹슈얼리티를 환영했지만, 이
번에는 그의 출신 계급이 감추어야 할 것이 되었다. 그는
민중 계급에 대해 함부로 말하는 주변 사람들을 향해 분
노를 느끼고, 이런 적대감을 "모종의 계급적 반사신경"이
라고 일컫는다.

디디에 에리봉의 책을 읽으며 나는 이런 기억을 떠올
린다. 가난하고 강원도에 산다는 이유로 평생에 걸쳐 내
가족을 모욕하고 연을 끊어버렸던 부유한 외조부모가,
어느 날 서울로 대학 간 내게 친히 전화를 걸었다. 그들
은 내가 너무나 자랑스럽다고, 단 대학에서 빨갱이들을
조심하라고, 빨갱이들은 가난하고 똑똑한 젊은이를 골라
사회에 불만을 갖도록 세뇌한다고 경고했다. 그때 나는
웃었다. 꼭 조심할게요, 대답한 뒤에 속으로는 이미 오래
전부터 빨갱이였다고 지껄였다. 외할머니는 가난한 남자
의 딸인 내가 교양 없이 자랄까 봐 두어 번 미국식 스테
이크 하우스에 데려갔고, 거기서 티본 스테이크를 시켜
주며 소고기 물 줄 아나? 가난해서 못 무봤제? 하고 안타
까워하길 좋아했다. 언젠가 그 스테이크 하우스에서 주
차에 문제가 생겨 미국인인 주차장 관리인과 소통해야
할 일이 있었다. 영어를 유창하게 할 수 있는 사람은 나

뿐이었다. 직원과 나의 대화를 듣던 외할머니가 마침내 "뭐라카노?" 말했을 때 나는 웃었다. 그러니까 나는 내 배움의 길이가 그들의 배움의 길이를 넘어섰다는 사실이 기뻐서 웃었다. 미숙한 가슴이 승리감으로 부풀었다. 내가 받았던 멸시를 그에게 돌려주고 싶다는 강렬한 욕구를 느끼던 순간, 동시에 나는 뭔가를 잃었다고도 느꼈다. 내가 그의 계급이 아니라 그의 영어 실력을 공격하고 싶어 했다는 점을, 그런 복수는 나를 만들고 기른 계급과 지역에 대한 배신이자 복수이기도 한 상태에서만 이루어질 수 있다는 점을 오늘날까지도 생각한다. 내가 한번쯤 그를 놀리고 싶어 했다는 사실을. 그를 놀리며 웃고 싶어 했다는 사실을.

그래서 무슨 말을 하고 싶냐고? 나는 웃음이란 아주 지저분하다는 말을 하고 싶다. 웃음은 벌리는 일이고, 찢어지는 일이라고. 벌어진 틈으로 공기와 세균과 바이러스가 들어가는 일이라고. 웃음은 결코 깨끗할 수가 없다고.

마이크는 열려 있다

웃기는 일과 웃음거리가 되는 일이 너무나 인접해 있어서 아찔하다. 그럼에도 웃기고 싶다.

그런 이야기를 하기 위해 여기까지 왔다.

기억하는지 모르겠지만 이 글은 비밀을 만들고 싶었던

어느 하루에서 시작했다. 나는 오픈마이크에 나갔다가 조커가 되는 엔딩을 맞을까 봐 두려웠다. 망한 코미디 무대들을 교재처럼 섭렵하면서, 때로는 코미디언이 더 밉고 때로는 관객이 더 미웠다. 점점 더 혼란스러웠다.

글을 닫는 지금은 여러 오픈마이크 무대에 다녀온 후다. 첫 번째 무대는 초심자의 행운이라는 말이 어울리는 무대였다. 두 번째 무대도 나쁘지 않았다. 농담은 첫 번째보다 더 좋았다고 생각했는데, 말이 너무 빠르고 기세가 부족했던 듯하다. 세 번째 무대는 시원하게 망쳤다. 무대에서 죄송하다고 말하지 않기 위해 입술을 꽉 깨물어야 했다. 앞으로 얼마나 많은 무대를 망칠지 감도 오지 않는다. 언제쯤 더 못하겠다고 마음이 꺾일는지도.

최근 나는 그리어 반스라는 흑인 코미디언의 영상을 자주 돌려본다. 그는 어느 날 센트럴파크에서 회색 다람쥐들에게 쫓기는 검은 다람쥐를 본다. 마음이 덩달아 급해져서 다람쥐에게 말한다. 달려, 깜둥아… 그게 우리가 잘하는 거잖아…. 이번에는 다람쥐가 수상하게 간지 나는 제스처를 하며 그에게 말한다. 찍찝쭙쭙쭙쪼…. 당연히 이 소리는 그리어 반스의 입에서 나는 소리다. 그는 섹시하고, 인종차별 농담의 전문가이며, 입과 마이크만 가지고 별별 소리를 실감나게 내는 비트박스의 장인이다. 그리고 그는 환갑이 넘었다. 그는 스무 살 언저리에

뉴욕에서 스탠드업 코미디를 시작한 것으로 알려져 있다. 그런 그도 오픈마이크에 선다. 마이크 하나와 5분의 시간이 주어지는 그 무대에. 여러 코미디 클럽을 돌며, 같은 농담을 지난번보다 낫게 수리하며.

때로 코미디 클럽은 깜짝 선물 교환 파티 같다. 관계를 장사 지내는 날로 변하기 딱 좋은 그런 아찔한 행사 말이다. 예쁜 리본과 포장지 속에는… 우리가 서로에 관해 전혀 모른다는 진실이 들어 있다. 고맙다는 말과 함께 황급히 그 흉한 것을 다시 감싸본들 이 무지를 인지하기 전으로 돌아갈 수는 없다는 사실을 너도 알고 나도 안다. 이래서 한 메신저는 내가 받고 싶은 물건의 목록을 타인이 열람할 수 있는 위시리스트 기능을 만들어 이런 참사를 예방할 수 있게 해두었다. 그러나 관객에게는 듣고 싶은 농담의 위시리스트 같은 게 없다. 우리는 대체로 우리가 무얼 원하는지 모른다. 물건과 달리 농담은 반드시 놀래킬 때만 의미가 있다. 이미 아는 농담을 듣기 위해 코미디를 보는 사람은 없다는 말이다. 그러니까 코미디 공연의 관객으로서 나는 공연자에게 이런 것을 요구한다. 내가 원해왔지만 스스로는 그 사실을 몰랐던 무엇을 줘. 말도 안되게 탐욕스러운 욕구다. 그러나 뛰어난 예술가들은 바로 그런 걸 준다. 위시리스트가 생긴 이후에도 감히 깜짝 선물에 도전하는 사람들이 있다는 사실에서 보듯이, 인간은 희망을 가지기를 좋아한다. 우리는 서로가 원하는 걸 알아낼 수 있을지도 모른다. 화해할 수 있을지도 모른다. 내게는 그 사실이 좀 로맨틱하게 느껴진다. 그래서 나는 오픈마이크를 신청하고 채팅창에 있던 농담들을 종이 노트에 옮겨 적었다. 어쨌든 마이크는 열려 있으니까. 아서 플렉에게도, 메건 스톨터에게도, 그리고 나에게도.

3부

농담과 번복

글방 오리엔테이션

(온라인 회의실 비디오를 켜며) 네 여러분, 8시입니다. 제가 안담글방 진행할 안담이고요. 만나서 반갑습니다. 저도 여러분을 '님' 자 없이 부르도록 힘을 쓸 테니, 여러분도 저를 그냥 담이라고 불러주시면 좋겠습니다. 선생님 아니고 강사님 아니고 작가님 아니고 담 님도 아닙니다.

메일로 말씀드렸다시피 글방에는 오리엔테이션이 따로 없어요. 자기소개도 따로 없고요. 자기소개라는 게 늘 그렇듯이 자기소개 이후에도 딱히 서로를 더 잘 알게 되는 것은 아닙니다. 이름과 직업 등을 말한 직후에 곧바로 내가 그게 아닌 것 같다고 느껴보신 적이 있지요? 내 자기소개로부터 내가 미끄러지는 기분을요. 그 순간 얼핏 드러나듯, 사실 우리는 우리가 누군지 잘 모릅니다. 내게 당신이 낯선 만큼이나 당신에게도 당신이 낯설 겁니다. 글이라는 통로를 통해 우리가 만나는 타인에는 자기 자신도 포함되어 있습니다. 어쨌든 서로를 더 잘 알게 되는 게 글방의 목적도 아니에요. 글방의 목적은 글을 읽고 얘기 나누는 거죠. 그 글의 좋았던 점과 아쉬웠던 점을 말하고 헤어지면 돼요.

글방에서 우리가 맺는 관계에는 독특한 친밀함이 있습니다. 우리는 서로의 이름도, 직업도, 나이도 모르지만 누군가의 관자놀이에 있는 흉터가 몇 살 때 넘어져서 생겼는지는 알게 될 수도 있죠. 그의 가장 강렬한 욕망이 무엇인지, 최초의 학대자인 동시에 최초의 사랑이었던 사람이 누구인지 같은 내밀한 이야기를 듣고, 심지어 그런 문제에 관해 토론하게 될 겁니다. 생면부지의 타인이 내 할머니라는 인물을 어떻게 해석하느냐를 두고 왈가왈부하는 광경도 자주 보게 됩니다. 반면 오늘 날씨가 참 덥다든가 점심으로 뭐 드셨냐든가 MBTI가 뭐냐든가 하는 사담을 시도하면 되게 어색해질 거예요.

그럼 어떻게 운을 띄우면 좋을까요? 다행히 글방에는 본격적인 수업 전 머리와 손을 풀기 위해 즉흥 글쓰기를 하는 유서 깊은 전통이 마련돼 있습니다. 지금부터 5분 글쓰기를 해볼 건데요. 5분 글쓰기의 규칙은 간단합니다. 5분 동안 아무 글이나 쓰되 지우지도 않고, 멈추지도 않기. 미리 말씀드리지만 꽤 어려워요. 작가들을 빈 문서 앞에서 하얗게 질리게 만드는 그것, 자기검열이 자동으로 작동하기 때문인데요. 참고로 저는 자기검열이 나쁜 거라고 생각하지 않습니다. 자기검열이란 게 있어서 우리가 서로에게 좀 견딜 만한 시민이 될 수 있는 거잖아요? 자기검열이 전혀 없이 살면 나중에 대통령이 돼서 계엄을 때리고 그렇게 될 수도 있는 거예요. 또 애석하게도 우리는 가히 무한한 자원과 기회가 인간에게 주어져 있다고 믿어도 당분간 문제없었던 시대에 태어나지 않았습니다. 글을 쓸 때 우리는 반드시 다른 것도 씁니다. 나와 타인의 시간을 쓰고 공간을 쓰고 전기를 쓰고 나무를 씁니다. 다 이 행성에 얼마 안 남은 것들이죠. 그러니 한 문장 한 문장 쓸 때 고민을 좀 해보는 편이 좋겠죠. 내가 한 글자를 칠 때마다 데이터는 인공위성을 통해 우주에 다녀오거나 광케이블을 통해 태평양을 횡단하는데… 그런 최첨단 기술을 동원해서 쓰는 말이 오늘 점심 뭐 먹지여도 되는 걸까….

여러분 표정이 별로 좋지 않네요. 그냥 안 쓰고 말지, 뭐 그런 생각을 하고 계신 것 같아요. 죄송합니다. 제 요점은 이거예요. 우리를 쓰게 하는 것은 자유가 아니라 제

한이다. 그러니까 서러워할 필요가 없다. 선을 그어야 놀이도 시작됩니다. 마지막 주 차에는 자유 주제를 드리는데요, 그때 많은 분들이 곤혹스러워하세요. 글감 달라는 메일을 받으면 기쁩니다. 저도 그렇거든요. '아무거나' 라는 메뉴가 제일 고르기 어렵잖아요. 자율은 피곤하고 예속이 좋습니다. 누가 뭘 하지 말라고 해야지만 나는 흥도 있습니다. 글감이 바로 그러라고 있습니다. 여러분을 욱하게 하기 위해서. 글감 몇 개를 예로 들어볼까요?

좀처럼 걱정이 안 되는 00 씨〉 흥! 전 모두가 걱정되고 아무도 걱정 안 되는데요?

나에 관한 소문 만들기〉 흥! 소문도 친구가 있어야 나는 거 아닌가요?

여기부터는 금지된 책들의 섹션〉 흥! 출판까지 된 글들이 금지를 운운하긴 좀 민망하지 않나요?

말종과 백정〉 흥! 시대가 어느 땐데. 아무도 그렇게 부르지 않는 게 어떨까요?

흥 나시죠? 입이 근질거리고요. 잘하고 계신 겁니다. 글방에서 드리는 것은 제한입니다. 마감일을 드리고, 글감을 드리고, 타인의 눈치를 보게 해드립니다. 지금은 5분이라는 시간 제한을 드릴 거예요.

5분 동안 괴발개발 즉흥 글쓰기를 마치고 나면 알게 되는 것은, 그런 글을 써도 세상에 별일이 안 일어난다는 겁니다. 큰일 나지 않습니다. 누가 죽는 것도 아니고 누구랑 절교하게 되지도 않습니다. 참 다행이죠. 비문과 오문이 하나도 바로잡히지 않은 글, 아무도 읽을 필요 없을 것 같은 글, 자기나 알아보는 악필로 휘갈긴 메모 같은 글을 써내도 세상은 여전하고 끄떡없습니다. 바로 그렇기 때문에 5분 글쓰기는 초고를 쓰는 좋은 방법입니다. 초고는 바로 그런 쓰레기 뭉치이고 지점토 덩어리니까요. 아직 어떤 의미를 밝혀내지 못한, 변형을 기다리는 지점토 덩어리. 이 지점토가 드디어 자기 형태를 찾았을 때, 그렇게 두 번째로 세상에 태어났을 때, 그때는 어떻게 될까요? 마찬가지로 별일 안 일어납니다. 기뻤던 사람이 슬퍼지지도, 슬펐던 사람이 기뻐지지도 않습니다. 이번엔 좀 서운하죠. 출간 후 우울증이라고 들어보셨죠? 책을 내면 세상이 뒤집어질 줄 알았는데 그러지 않아서 생기는 병입니다. 어떻게 고치냐고요? 한 편의 글로 별 일이 없으니, 다음 글을 쓰면 됩니다. 우리를 안심시키는 생각과 우리를 우울하게 하는 생각은 같은 얼굴을 하고 있습니다.

5분 글쓰기에서 써낸 글은 글방에서 유일하게 평가로부터 자유로운 글입니다. 달리 말해 5분 글쓰기 시간을 제외하고 여러분이 글방에 가져오시는 글은 평가의 대상입니다. 누가 그 글의 좋은 점과 아쉬운 점을 말할 수 있고, 표면과 심층을 뜯어볼 수 있습니다. 확실히 유쾌한 일은 아니에요. 얼마나 힘들게 썼는데, 타인이 함부로 말을 얹다니요? 그럼에도 그렇게 할 수 있는 이유는 우리가 그걸 원한다는 전제가 있기 때문이죠. 원하지 않으면 평가받지 않아도 됩니다. 지금은 내 글의 장단과 상관없는 단적인 위로나 응원이 더 필요한 상태라면, 그걸 요청하고 교환할 수 있는 사람들과 있어도 됩니다. 반대로 저는 여러분이 더 잘 쓰기 위해 글방에 왔다고 가정하겠습니다. 덜 나은 상태와 더 나은 상태가 있다고, 모두의 이야기가 이 상태 그대로 완벽하지는 않다고, 더 특별하거나 더 재밌는 글로 고치기 위해 할 수 있는 일이 남아 있다고 가정하겠습니다. 그러니 퇴고를 좀 해주세요. 글방에서 열심히 합평한 글이 오타 하나까지 똑같은 상태로 어디 올라온다, 그럼 좀 섭섭할 것 같아요.

글을 고치기 다음에 할 일도 있을까요? 그건 글을 그만 고치기입니다. 글은 영원히도 고칠 수 있습니다. 그렇게 영원히 명작에 다가가는 중인, 영원히 공개하지 않을 글이 되겠죠. 그런 일을 방지하려면 어느 시점에는 글을 그만 고쳐야 합니다. 포기해야 합니다. 언제까지? 그야 제출 시간까지죠. 한 편의 글은 완성했을 때 끝나지 않습니다. 포기할 때 끝납니다. 이제 그만 보내주세요. 명작을 쓰는 건 다음으로 미룹시다.

지금은 아무거나 5분 씁시다. 내 필명이 어디서 유래했는지 쓰셔도 되고, 오늘 뭐 먹었는지, 이따 뭐 먹을 건지, 의식의 흐름 기법 그런 거 사용하셔도 됩니다. 저의 팁은 글을 시작할 때 제일 먼저 "여러분 안녕하세요"라고 쓰는 거예요. 누굴 부르면 뭐라도 말하고 싶어지거든요. 게시판 들어가주시고요. 타이머 맞췄습니다. 5분 글쓰기 시작합니다. 5, 4, 3, 2, 1, 꼬우!

땡입니다. 5분이 생각보다 길죠? 이따 쉬는 시간에 다들 뭐라고 썼나 읽어보세요. 간식 먹는 기분 나고 아주 재밌어요.

이제 오늘의 글 합평 시작하겠습니다. 글이 올라온 순서대로 읽을게요. 글을 읽고 얘기하는 경험이 아예 처음인 분들도 있는 것 같아서, 글을 읽을 때 두 가지 축을 세워보시라고 메일 드렸었어요. 첫째, 좋았던 부분이 어디였나? 둘째, 이해가 되지 않거나 동의가 되지 않았던 부분이 어디였나? 왜 그렇게 느꼈는지 구체적인 이유를 들기 어렵다면 처음엔 이렇게 두 부분만 말씀하셔도 충분합니다. 일단 말하고 나면 더 할 말이 생길 거예요. 말도 해야 늡니다. 글과 말은 생각의 결과물이 아니라 우리가 생각하는 방식 그 자체입니다. 뭘 알아서 쓰는 게 아니라 뭘 몰라서 쓴다는 말이죠.

그래도 남의 글에 말을 얹는다는 게… 어렵고 두려우시죠? 말 한마디 잘못했다가 상처를 주는 게 아닐까. 이 사람 내 말 때문에 다시 글을 쓰지 않게 되는 게 아닐까. 그리고 용서받지 못하는 게 아닐까. 피차 마찬가지예요. 제가 추천하는 방법은, 용서를 선빵 치시라는 겁니다. 내 글에 대해 왈가왈부할 모두를 재빠르게 미리 용서하세요. 그리고 내가 말할 차례에 뻔뻔하게 요구하세요. 나는 용서했는데, 너도 용서하는 게 어때?

이 용서의 과정은 누구도 도와줄 수 없습니다. 최종적으로 어떤 피드백을 받아들이고 버릴지 결정하는 건 온전히 작가의 몫이에요. 글에는 내가, 그것도 나의 가장 결정적인 부분이 담깁니다. 우리의 의도나 의지와 상관없이 그렇습니다. 우리는 글에 대한 평가와 나에 대한 평가를 분리해야 해요. 그러기 위해서는 쓰는 사람이 먼저 작가와 화자를 분리하는 힘을 길러야 합니다. 어떤 글이 되게 웃기다고 해볼게요. 화자가 자신에게 일어나는 일을 전혀 이해하지 못하는 모습이 독자로 하여금 폭소를 자아낸다고요. 그런데 그 폭소… 의도한 걸까요? 본인은 이 글이 슬프면 슬펐지 웃기다고 생각해본 적은 한 번도 없다면요? 독자 입장에서는 그게 작가의 의도인지 아닌지가 하등 중요하지 않을 수도 있습니다. 하지만 저는 작가들과 함께 있고 그들이 스스로를 지킬 수 있는 힘을 가지게 돕고 싶습니다. 누가 웃는다면 그게 어느 정도 작가의 의도였길 바라요. 글방에 글 너머의 당신을 함부로 추측하지 말자는 약속이 있는 이유는, 역설적으로 글 너머로 분명 당신이 보이기 때문이기도 합니다. 그의 전부를 유추하게끔 유혹하는 어떤 조각이 말이죠. 합평을 해야 하는데 자칫 잘못하면 사이비 정신분석 같은 걸 하게 된단 말이에요. 그래서 저는 여러분이 자기가 겪은 일을 한 가지 방식이 아니라 여러 방식으로 주무르는 기술을, 같은 이야기를 담는 여러 형태의 그릇을 빚는 기술을 익히길 바랍니다. 저는 여러분이 거짓말을 할 수 있다고, 그럴 힘이 있다고 가정할 때만, 말하자면 다음에는 다르게도 쓸 수 있다고 가정해야만 여러분의 글에 대해 뭐라도 말할 수 있습니다.

그런 힘과 기술을 어떻게 익히냐고요? 남보다 먼저 나를 우습게 여기세요. 스스로를 향한 유머 감각을 가지세요. 막 헤어진 사람 말고, 막 헤어진 사람의 하소연을 듣다 지쳐버린 친구처럼 내 이야기를 다뤄보세요. 혼자 하기는 어려운 일임을 압니다. 그래서 제가 있습니다. 제가 여러분에게 무언가 가르치기 위해서 여기 있다고 생각하셨나요? 아닙니다. 저는 여러분을 잘 놀리려고 여기 있습니다. 제가 합평에서 가장 신경 쓰는 일도 그거예요. 반드시 한 번은 모두를 웃기는 일. 한 명도 빼놓지 않고 웃는 순간을 만드는 일. 낙장불입이라고, 그 일에 대해 쓸 수 있는 건 오직 한 번뿐이라고, 이 한 번의 기회에 모든 걸 써버리고 할복하겠다는 작가. 그의 비장한 입매가 피식 깨지면, 그때부터는 이런 생각도 가능해집니다. 그냥 다음에 할까? 오늘은 이만하고, 다음에 또 할까?

다음에 또 할까? 네, 부디 그렇게 하시기를 권합니다. 한 번 쓴 후에 다시 쓰세요. 반복할 뿐만 아니라 번복해도 됩니다. 그건 좀 아니었다고 해도 됩니다. 아는 것뿐만 아니라 잘못 알았던 것에 대해 써도 됩니다. 했던 말을 엎다니 좀 모양이 빠지지 않나 생각하실 수도 있어요. 웬만하면 오래도록 무결할 방향으로 써야 한다고요. 그렇지 않습니다. 오히려 번복이 간지입니다. 어떤 작가가 세 번째 단행본에 이렇게 쓴다고 생각해보세요. "7년 전, 서툴고 소중한 첫 책『앉기에 대하여』에서 나는 ~라고 썼다. 지금은 그렇게 생각하지 않는다." 전 이게 좀 멋진 것 같거든요. 그러니 이렇게 말해두겠습니다. 모든 문장은 번복될 수 있다. 오늘 쓰고, 내일 틀렸다고 쓸 수 있다.

이제 합평 시작해도 되겠죠? 첫 번째 글, 모두 어떻게 읽으셨나요?

영혼이 빠개지는 소리

언젠가 나의 글방에 왔던 참가자로부터 갑작스러운 감사 인사를 받았다. 그때 담이 그러셨잖아요. 저는 잘 휘청거리는 작가라고. 완전히 취한 것과 취한 것처럼 보이는 것 사이에는 차이가 있다고요. 완전히 취해도 된다고 생각하니까 글이 쉬워졌어요. 그 말에 힘을 얻어서 계속 쓸 수 있었어요. 나는 기쁜 마음으로 대답했다. 아니요. 제 기억에 저는 정반대로 말했어요. 잘 휘청거리려면 작가가 완전히 취해버리면 안 된다고요. 독자에게는 취한 것처럼 보일지라도요. 그런데 반대로 기억하신 걸 보면 그 말을 듣는 게 필요하셨나 봐요. 제 말 때문에 계속 쓰신 게 아니에요. 작가님이 자신에게 해준 말 덕분에 계속 쓰

신 거죠. 스스로 구원하신 거예요. 그는 그래요? 되묻고
는 호탕하게 웃었다. 언젠가 이 이야기를 써도 되나요?
그럼요. 저도 쓸게요.

합평은 지난하고 괴로운 과정이다. 어떤 이는 계속해
서 세상이 자기에게 잘못하는 이야기만 써 온다. 그는 언
제나 억울하다. 불쾌한 택시 기사, 비위생적인 음식을 내
놓은 주제에 적반하장으로 구는 식당 주인, 나를 못 잡아
먹어서 안달인 상사와 내 자리를 가로챈 후임, 나를 학대
한 부모, 나를 때리는 연인, 나를 실망시킨 친구, 나를 죽
이는 사회. 그와 이 세계는 절대적인 피해-가해의 관계로
고정되어 있다. 그런 이야기를 읽다 보면 나는 마음이 아
프면서도 궁금하다. 그가 당하는 일 말고 그가 하는 일도
궁금하다. 누구도 이 세계에서 목적어만 될 수 있을 리는
없다. 그의 이야기가 사실이라고 해도 그의 세계관은 정
확하지 않다. 그때 나는 이런 말을 전하려고 노력한다. 당
신에게는 힘이 있어요. 그 사실을 인정합시다. 이 말을 상
냥한 응원으로만 받아들여준 사람들에게 나는 언제나 고
마움과 의아함을 동시에 느낀다. 내 입장에서 당신에게
힘이 있다는 말은 잔인하고 뼈아픈 말이기 때문이다. 내
게 힘이 있다면 나는 뭔가를 한다. 세계만 나에게 영향을
끼치는 게 아니고 나도 세계에 영향을 끼친다. 나는 이

세계에서 일어난 어떤 사건들의 명백한 원인이다. 그 사건은 좋은 일일 수도 있지만 나쁜 일일 수도 있다. 나의 힘을 인정하라는 말은 나의 잘못과 그에 따른 책임을 인정하라는 말이다. 거꾸로 생각하면 그것은 당신의 잘못이라는 말은 내게 상냥하게 느껴진다. 일견 나를 몰아세우는 듯 들리는 이 말은 내가 구조의 꼭두각시가 아님을, 세상에 내 의지와 자유로 선택하는 일이 뭔가는 있음을 일러준다.

옳거니. 작가는 이를 악문다. 다음 주에 그는 자기가 세상에 내내 잘못하는 이야기를 써온다. 글 속에서 작가는 세차게 자기 뺨을 내리친다. 내가 죄인입니다. 이 세계에 존재하는 악덕은 죄다 나의 책임입니다. 태어나던 순간부터 엄마, 아빠의 삶을 질식시켰고요, 이후로 사랑을 알려준 모든 사람을 버렸습니다. 무단횡단을 하고 쓰레기를 버리고 밥을 너무 많이 먹지요. 언제나 지각을 합니다. 살아 있는 닭과 돼지가 떼로 묻히는 세상에서 나는 감히 먹고 살고 숨을 쉬고요. 지난주에 폭발했다는 그 별에게도 미안합니다. 아무리 생각해도 내가 마감에 늦는 바람에 그 별이 죽은 거예요. 피드백을 너무 잘 소화한 나머지 한 주 만에 가시면류관을 쓰고 나타난 작가를 난처하게 쳐다보다가 나는 이번에는 이런 말을 전하려고 노력한다. 힘이 있으시긴 한데 그 정도는 아니세요. 내가 글방에서 하는 수많은 말들은 결국 이런 결론을 향해 간다. 우리에게는 힘이 있다. 근데 그 정도는 아니다. 그러니까 우리에게는 어느 정도의 힘이 있다. 그렇다면 다시 물을 수 있다. 그 어느 정도란 대체 어느 정도일까? 우리가 가진 힘, 그 힘의 종류와 크기를 가늠하도록 돕는 게 글방지기로서 내가 하는 일이다.

합평 중에 종종 나는 오락실에서 즐겨 하던 에어 하키 게임을 떠올린다. 매끈한 테이블 위에 놓인 납작한 하키 퍽을 호떡 누르개 같은 채로 쳐서 상대편으로 보내는 그 게임 말이다. 동전을 넣은 직후의 테이블은 기름이라도 칠한 듯 미끄럽다. 랠리의 속도가 어찌나 빠른지 플레이어들은 엉겁결에 퍽을 쳐낼 뿐 게임을 통제하지는 못한다. 작가들의 퍽은 자기연민 사이드와 자기혐오 사이드를 두려운 속도로 오간다. 자기연민 쪽에서 깡! 자기혐오 쪽에서 깡! 자기연민 쪽에서 깡! 자기혐오 쪽에서 깡! 에어 하키와 달리 이 게임에는 시간제한도 딱히 없다. 오손도손, 두런두런, 와글와글, 이런 살갑고 나긋한 의성어나 의태어로는 글방에서 오가는 합평을 제대로 묘사할 수 없다. 글방에서는 깡! 하는 소리가 난다. 그건 영혼이 빠개지는 소리다. 글방에 딱 한 번 왔다가 사라진 많은 사람이 있다. 현명한 처사라고 생각한다. 이곳에 머물러야 할 필연적인 이유, 이렇게까지 글을 써야만 하는 이유를 나는 줄 수 없다.

그럼에도 기어이 남은 사람들과는 이런 순간을 같이 맞이하고 싶다. 게임이 막바지에 이른다. 기세 좋게 테이블의 양극단을 찍어대던 퍽의 진폭이 서서히 작아진다. 힘이 빠진 퍽들은 마침내 테이블의 중간 영역에 멈추어 선다. 그곳에서 우리는 피곤하기도 하고 좀 편안하기도 하다. 바닥과의 마찰로 예전의 개성이 닳아버린 듯도 해서 누군가는 시큰둥한 표정을 짓는다. 그 고생을 해서 도착한 게 고작 중간이라니. 위태롭고 요령 없는 만큼이나 손쉽게 흥미로울 수 있었던 게임의 초반으로 돌아가고 싶은 마음도 든다. 그러나 그 애매하고 미지근한 자리에서 가만히 숨을 몰아쉬다 보면 문득 눈에 들어오는 것은 공간이다. 이 경기장의 양 끝, 그 두 점 사이에도 공간이 있다. 다시, 우리에게는 힘이 있다. 그 공간만큼 움직일 힘이. 이제 우리는 전혀 다른 게임을 시작할 수도 있다.

이불, 이태원

무거운 이불을 찾아 헤매고 있다. 몸을 눌러줄 게 필요하기 때문이다. 자꾸 자다가 깬다. 아마 내 몸에서 내가 탈출하려고 하는 게 아닐까 싶다. 그 반대든가. 어떻게 누워도 몸이 거추장스러워서 침대 위아래 양옆으로 굴러다니며 선잠을 잔다. 내게 무엇이 필요한지는 자명하다. 근육과 피부 단위에서 알 수 있는 간절하고 분명한 요청이다. 누가 나를 좀 꽉 눌러줘. 무게를 얹어줘, 움직이지 못하도록. 나에게서 삐져나오려는 나의 귀퉁이를 다시 안쪽으로 깊숙이 집어넣고 이제 됐어, 라고 말해줘.

며칠 동안은 집에서 제일 무거운 외투들을 다섯 개쯤 겹쳐 쌓아놓고 그 밑으로 들어가 잤다. 그렇게 하면 두 시간 정도는 더 잘 수 있었다. 친구가 집에 조금 무거운 이불이 있는데 가져가겠느냐고 해서 그걸 받아 와 내 이불과 겹쳐도 보았다. 지금은 당근에서 솜이불, 옛날 사람들이 혼수로나 맞추던 솜이불을 찾고 있다. 솜틀집에 맡겨서 새 이불로 만들어 쓸 것이다. 그랬더니 이끼가 이렇게 말했다.

근데 솜을 틀면 이불이 가벼워질지도 몰라요.
그래요? 솜의 총량이 똑같은데도요?
그게 보통은 두꺼운 옛날 솜이불 하나를 맡겨서 이불 여러 개를 만드는 것 같아요. 아무튼 예전에 엄마가 솜틀집에 맡긴 솜이불 하나가 얇은 이불 네 장이 되어서 돌아온 기억이 있어.

그런 거였어. 큰일 날 뻔했다. 솜틀집에 꼭 제대로 말해야지. 요즘에는 인기가 없는 바로 그 두께. 이불 속의 사람이 뒤척여도 거의 들썩이지 않는 그런 무게의 이불로 만들어주세요. 덮으면 가슴이 약간 눌리는, 처음 자세 그대로 누워 오래오래 자는 것 이외의 가능성을 모두 덮어서 소거하는, 그런 권능을 가진 이불로 만들어주세요. 부탁드립니다.

×

아직도 꿈에 나올 만큼 그리워하는 잠의 기억. 열다섯 살 때 일본의 작은 마을에서 잤던 잠의 기억.

일본 서북쪽의 산악지대인 토야마현으로 진입해, 난토시에서 험한 산을 넘어 달리면 토가무라라는 동네가 나온다. 내가 살던 봉평과 토가무라는 자매결연을 맺은 사이였다. 둘 다 질 좋은 메밀을 생산하고 개성이 있는 마을 축제로 유명한 깡촌이었다. 늦가을에 토가무라의 어른들은 봉평의 메밀꽃 축제에 초청받아 일본 전통춤을 추었다. 겨울에 봉평의 중학생들은 토가무라의 메밀 축제에 초청받아 사물놀이를 선보였다. 나는 영광스럽게도 토가무라에 초청받은 봉평중학교 사물놀이패의 징재비이자 부쇠(제2 꽹과리 주자)였다.

우리의 숙소였던 토가무라 이장님의 집이 생각난다. 연식이 오래되었지만 부지런히 고치고 돌보아서 그림 같이 멋진 목조주택이었다. 민박으로도 운영하신다고 했던가. 집 곳곳의 목재에서 아득한 시간 동안 매일매일 쓸고 닦아진 나무에서만 볼 수 있는 은은한 윤이 돌았다. 밥도 맛있었다. 낫토는 조금 어려웠지만, 저녁에 후식으로 주시던 요거트의 맛이 충격적이었다. 맛있지요? 홋카이도 산이에요. 이장님이 알려주었다. 우리는 염치없이 그 요

거트를 두 개씩이나 얻어먹고, 걸어서 읍내의 노래방에
간 다음 찾을 수 있는 한국 노래는 다 부르고 돌아왔었다.

　그러나 그 여행 중에 내게 가장 강렬하게 각인된 것은
이장님이 내어주신 이불에 대한 기억이다. 노래방에 갔
다가 숙소에 돌아와 세수를 하고 나왔더니 이장님 집의
아름다운 거실에 이미 네 명 몫의 이부자리가 깔려 있었
다. 다다미 바닥에서 올라오는 냉기를 완전히 차단하도
록 두꺼운 요가 있고, 그 위에는 거의 요만큼이나 두꺼운
이불이 얹혀 있었다. 흡사 인심 좋게 자른 식빵 두 장을
겹쳐놓은 모양이었다. 하나같이 어리고 볼이 빨간 징재
비, 꽹과리재비, 북재비, 장구재비가 이웃 나라의 생경한
이불 속에 나란히 가두어졌다. 오야스미나사이. 이장님이
시야에서 사라지자, 모두가 솔직히 조금 숨이 막힌다고
속삭였다. 사물놀이 패 전부가 킬킬킬킬 웃었다. 그 이후
가 기억나지 않는다. 까무룩, 잠이 든 것이다.

　잠, 잠, 잠. 어느 틈에 눈꺼풀 바깥에 아침이 도착해 있
다는 게 느껴졌다. 그 순간 사무치는 그리움이 몰려들었
다. 자고 났을 뿐인데 전생을 잊어버린 느낌이 들었다. 이
불 속이 후끈했다. 밤사이 한 방울의 체온도 새어 나가지
않은 것이다. 이불 밖에서 어슬렁거리던 삼엄한 겨울이
코끝을 스치고 지나갔다. 아침은 지나치게 고요했다. 대

체 무슨 일인가 싶은 고요. 몸을 일으키니 거실 창 밖으로 온통 눈, 눈, 눈이 와 있었다. 내가 덮은 이불 같은, 하얗고 엄청나게 두꺼운, 긴긴 밤 내내 살아 있는 것들을 내리 눌러준, 눌러서 그들의 고통을 줄여준, 그런 눈이.

$\times$

2022년 11월의 어느 날, 무늬글방 수업을 앞두고 다른 글방지기와 잡담을 잠깐 했다. 그는 이태원 참사 희생자들의 신발 사진을 보았냐고, 거기에 아주 불편한, 보기만 해도 발 아플 것 같은 신발이 있다고, 그 신발이 자꾸 생각난다고 했다. 나는 대강 맞장구를 쳤다. 거짓말이었다. 그때까지 이태원 참사 유품 관련 사진을 보기를 거부하고 있었기 때문이다. 나중에 그 신발 사진들을 찾아서 보다가 큰 충격을 받았다. 검은 부츠와 구두를 모아놓은 구역에서 어떤 신발을 보았는데, 그 신발이 내가 스물셋까진가 기를 쓰고 발에 끼우고 다니던 메리제인 하이힐과 너무 닮아서. 닮아서 무엇을 느낀다고 해야 할지 모르겠다.

스트랩이 네 개쯤, 아마 굽은 6센티미터가 족히 넘었던 것 같고, 유광의 블랙. 녹사평역에 내려서 오르막길을 한참 올라서, 서울디지텍고등학교 지나서, 거의 꼭대기였는데. 대사관들은 나오기 전이니까 꼭대기는 아닌가. 중간에 무슨 편의점이 있었고 그 반대편이었나. 거기에 무슨 창고 같은 빈티지숍이 있었단 말이야. 누구 혹시 몰라? 거기서 샀는데. 수치의 메리제인. 왜 수치냐면 한겨울에는 유리 구두보다도 꽝꽝 어는 그 불편한 메리제인 위에 타고 어기적어기적 걸어 다닌 시간이 스무 살 언저리 기억의 꽤 많은 지분을 차지하기 때문이다. 기어이 멋을 낼 때 신는 구두였다. 홍대나 이태원에 춤추러 갈 때. 지금 생각하면 춤추러 가니까 편한 신발을 신어야 했는데. 저녁 10시에 놀기 시작해서 새벽 4시에 끝나는 말도 안 되는 일정을 그 높은 메리제인 위에서 소화하는 게 어떻게 가능했는지 아직도 이해가 가지 않는다.

이태원에 가는 날마다 멋진 밤을 보내지는 않았다. 실망스럽고 멋쩍은 밤이 훨씬 많았다. 그런데도 6호선 이태원역의 끝도 없는 에스컬레이터, 거길 올라갈 때는 매번 똑같은 생각을 했다. '오늘은 끝내주는 밤이 될 거야', '오늘 아주 멋진 일이 일어날 것 같아'. 그런 생각을 하는 사람이 일억 명쯤 늘어서 있는 에스컬레이터. 그게 무슨 천국의 계단이나 되는 것처럼. 그때는 지치지도 않고 그런 기대를 했다. 그럴 체력이 있었다. 또는 그러지 않기에는 너무 외로웠다. 자아를 떨어뜨릴 때까지 몸을 흔들고 싶었고, 그 모습을 누군가는 찬미하며 응시하고 있길 바랐다. 좋은 눈을 가진 사람과 임시의 연인이 되는 상상, 누구에게도 털어놓지 않은 비밀을 서로에게 넣어 잠근 뒤 산뜻하게 헤어지는 상상.

그러나 기분 좋게 헤어질 타이밍을 놓친 어떤 날에는 지난 밤의 동행과 아침밥을 같이 먹기도 했다. 옷을 입으면 금방 어색해지는 사이의 사람과 데면데면하게 마주 앉아서 순대국이나 타코를 먹는 새벽. 밥을 씹는 그들의 모습이 죄다 참을 수 없이 귀엽고 불쌍해서 구역질이 났다. 너도 밥을 먹고 사는 존재구나. 쌀알을 씹으면 달고. 배가 차면 살 것 같고. 할라피뇨는 싫어하고. 결코 모르고 싶었는데. 다음번엔 절대로 아침밥 같은 건 같이 먹지 않으리라. 나도 밥을 먹는다는 사실을 어느 누구에게도 들키지 않는 데 성공하리라. 그보다 더 끔찍한 밤도 왕왕 있었다. 대부분의 밤은 비참하지 않았다. 대부분의 밤은 그저 그랬다. 신이 공정하기로 마음먹은 날에는, 이태원의 행운을 머릿수대로 잘라서 나누어주기로 결심한 날에는, 거기 있던 모두가 미적지근한 밤을 보내고 떠나게 된다.

그런 민망한 새벽을 숱하게 견디고 어렵게 건졌던, 아직까지 소중하게 빛나는 기억도 있다. 가슴팍에 뭔가의 분자구조 그림을 타투로 새긴 남자를 만났던 날같이. 자신에게 가장 도움을 준 약의 분자구조였댔나? 아마 마약

이었겠지? 내 키의 두 배는 되는 백인이었다. 아주 다양
한 방법으로 나를 깔아뭉개주었었는데. 항문에 시도하려
다가 내가 거긴 아직 까다롭다고 하니까 몇 번이고 사과
했었는데. 나도 항문으로 꼭 해보고 싶으니까 더 성장해
서 만나자고 말했더니 학구열이 좋다고 웃었었다. 나는
걔를 샤워실로 데려가 꼼꼼하게 씻기면서 아까 했던 것
처럼 한 번, 아까 안 했던 것처럼 한 번, 이렇게 두 번 더
나를 만져달라고 말했다. 그 사람은 그렇게 해주었다.

그리고 또 어떤 바의 여자 화장실. 거기서 울던 여자애
한테 어쩌다 길고 진한 키스를 퍼부어주고 그 애를 다시
새것 같은 여자로 만들어서 내보냈던 자랑스러운 기억.
그리고 또 어떤 클럽의 여자 화장실. 거기서 울던 내게
휴지를 건네주었던 여자. 그리고 나를 끌어안고 희미한
블루스를 추듯이 돌면서 둥개둥개 달래주었던 이름 모를
여자…. 그 여자가 너무 타이트한 바지를 입고 있지만 않
았다면 더 실컷 만졌을 것이다.

지금은 이름도 기억나지 않지만 당시에는 잠깐 절친
했던 친구도 생각난다. 군복무 중인 오픈리 게이였는데,
휴가 나올 때면 나를 이태원에서 만났다. 약속 시간은 언
제나 자정 근처였다. 걔는 매번 나는 하나도 모르는 자
기 친구들이 있는 곳으로 나를 데려갔다. 1시에 초면이었
던 사람과 2시면 절친이 되어 있었다. 그러고 나면 자정

의 절친은 어느샌가 사라지고 없었다. 그러면 2시의 절친이 새로 소개해준 게이들하고 놀다가 3시의 절친이 생겼다. 3시의 절친은 클럽에서 내 뒤에 바짝 붙어서 춤을 추면서 포에버21에서 산 내 원피스를 딱 아슬아슬한 선까지 걷어 올렸다. 그러면 헤테로 남자들이 그걸 부러워서 죽겠다는 듯이 쳐다봤다. 보란듯이 애인 행세를 해주다가 3시의 절친은 갑자기 나를 버리고 떠났다. 용케 번개가 잡혔다는 것이다. 그러자 어디선가 4시의 절친이 나타나서 세상에서 제일 맛있다는 신라면을 먹으러 가자고 했다. 무슨 포차였는데 여자는 거의 없었다. 나처럼 젖내 나는 여자는 더 없었다. 그곳의 신라면은 절친의 약속대로 끝내줬다. 거의 모든 테이블에서 정석보다 짭짤하게 끓인 그 신라면을 먹고 있었다. 이상한 새벽이었다.

매일매일 이상한 취급을 받는 애들은 할로윈 딱 하루 정도만 자발적으로 이상하려고 이태원으로 몰려든 사람들을 좀 흉보기도 했다. 어느 할로윈이었다. 연유가 기억나지 않지만 분명 약속이 있었는데 어쩌다 나는 혼자였다. 한 골목의 담배 스팟에서 담배를 피우는데 트랜스젠더 바에서 우르르 나온 사람들 사이에 있던 언니들과 은근슬쩍 말을 트게 되었다. 줄담배를 피우면서 그들은 할로윈이 아니면 이태원에서 볼 수 없는 인파를 싸잡아 놀렸다. 언니들의 말대로 어느 골목에서나 마녀, 섹시 고양이, 귀신, 아이언맨, 좀비, 조커, 유명인이 끝도 없이 나타났고 나는 마구 웃었다. 내 옷도 코스튬이라고 불러야 할 만큼 짧고 과감했고 나는 내심 그게 덜 유난스러워 보이는 날이라는 데 편안함을 느끼고 있었다. 평범하게 과감하고 평범하게 소심한 내게 그들은 내 몫의 시선을 가져오는 법을 알려주었다. 자신이 입은 낙인을 낯선 사람의 어깨에 따뜻한 코트처럼 둘러주는 언니들이었다. 시선을 너무 많이 받을 때 일어나는 일도 그들은 다 알았을 텐데. 그런 미래의 일을 가지고 경고하거나 겁을 주지도 않았다. 그건 알아서 해야 된다는 뜻이었겠지. 우리는 모르는 사이니까.

$$\times$$

트위터에서 누군가 "눌리는 감각은 원래 끝내주지 않아?"라고 말하는 걸 보았다. 드디어 찾았다, 는 생각이 들었다. 역시 나만 그럴 리가 없어. 거기 달린 인용 트윗 하나도 아주 흥미로웠다. "불안감을 줄이고 안정감을 제공하는 용도의 압박조끼 같은 것도 나오는 걸 보면… 뭔가에 적당히 눌리는 감각이 사람에게 기본적으로 안정감을 주나 봅니다." 그런 거구나. 이제는 해명할 수 있다. 내가 무거운 이불을 찾아서 헤매는 이유, 토가무라의 그 이불을 그리워하는 이유. 자려고 누울 때마다 누가 나를 눌러 줬으면 하고 바라는 이유, 조금은 숨이 막히고 싶은 이유. 허구한 날 홍대와 이태원의 클럽에서 나를 깔고 앉아줄 사람을 찾아다녔던, 그러고 나서야 일상생활이 가능했던 이유까지도. 원래 사람은 좀 그런 거라고!

그리고 이어서 그 트윗이 실컷 욕을 먹는 것도 보았다. 압박 페티시 같은 일반적이지 않은 취향이 이렇게나 공개적으로 말해진다니 충격이라고 말하는 이도 있었고, 이래서 트위터 떠나고 싶다는 반응도 있었으며, 전두엽이 녹아버린 사람이나 하는 생각이라는 원색적인 비난도 있었다. 그 말들이 자꾸 생각이 난다. 새벽마다 눈물을 줄줄 흘리면서 무거운 코트와 패딩을 침실로 질질 끌고 오는 내가 있는데. 이게 그냥 페티시인 걸까? 삶이 아니고? 전두엽이 녹아버린 삶도 삶이지 않아? 다들 외롭지 않아? 혼자가 아니고 싶어서 여럿으로 쪼개져버릴 것 같은 느낌이 들지 않아? 누군가 꽉 눌러서 다시 하나로 만들어주었으면 하지 않아? 타인의 무게가 필요하지 않아?

이태원 참사 희생자들의 죽음이 국가의 책임은 아니라고 말하는 사람들이 있다. 방탕하게 이태원에 놀러 간 게 잘못이라고 말하는 사람들이 있다. 위험한 줄을 뻔히 알

면서 붐비는 거리로 기어나오는 사람의 안전을 누가 어
떤 수로 책임지겠냐고. 좋은 밤을, 어쩌면 문란한 밤을,
생산적이지도 위생적이지도 않은 밤을 기대했다면, 바로
그 기대에 죽음이라는 안타까운 대가가 따른 것 아니겠
냐고. 그렇다면 그것이 어떻게 국가의 책임이겠냐고 말
하는 사람들이 있다. 나도 어떤 기대에 대가가 따를 수도
있다고 생각한다. 내가 이상하다고 생각하는 것은 그들
의 계산 방식이다. 기대에는 이미 실망이라는 깔끔한 대
립항이 있다. 좋은 밤을 기대할 수 있고, 그러다가 실망할
수 있다. 이태원에서는 그런 일이 아주 많이 일어난다. 억
수로 운이 좋은 어떤 이들이 괜찮은 밤을 보내고, 대다수
는 실망하여 집으로 돌아갔으면 그걸로 마땅한 거 아닌
가. 어떤 기대에 실망이 아니라 죽음이 따랐는데도 그게
마땅한 계산이라고 말할 수는 없는 거 아닌가. 그 어떤
사치스럽고 방종한 기대였다고 하더라도.

　그러니까 내가 이태원에 대해서 뭔가를 느낄 수 없는
이유는, 계산을 마칠 수가 없기 때문이다. 그날의 젊은 멋
쟁이와 못난이들을 찾아갔어야 할 좋은 밤의 총량을 계
산하다 보면, 그리고 실망의 총량을 계산하다 보면. 잠이
잘 안 온다. 기대하며 들이쉬고, 실망하며 내쉬는 숨. 누
가 날 좀 눌러주기를, 숨이 약간은 모자라게 느껴지기를
바라는 밤들. 그런 밤을 자주 기대하는 이상하고 문란한

사람들도 죽어서는 안 된다는 사실. 그럼에도 어떤 숨은 적당히 모자라지 않는다는 사실. 어떤 숨은 그냥 없어졌다는 사실. 그 없어진 숨의 총량을 계산하다 보면.

모래처럼 파도처럼 눈송이처럼

아빠가 훔친 물건들로 나는 자랐다. 훔친 수건, 훔친 휴지, 훔친 페이퍼타올, 훔친 수저, 훔친 디저트 포크, 훔친 봉지형 소금과 후추, 훔친 책, 훔친 모자, 훔친 장갑…. 그걸 다 훔친 줄을 일찍 알았더라면 내가 그 물건들과 거리를 두었을까? 그 물건들은 포장지에도 박스에도 담겨 있지 않고 아빠의 손에 덜렁 들려올 뿐이었지만, 나와 동생은 그 출처를 깊이 생각해보지 않은 채 아빠가 가져온 물건들로 닦고 입고 먹었다. 그 모습을 볼 때마다 아빠는 더할 나위 없이 흐뭇해했다. '퇴근한 아빠의 손에 들린 치킨 한 봉지'를 나는 모른다. 내가 알기로 어떤 아빠는 치킨을 훔친다. 어떤 아빠가? 그야 출퇴근을 하지 않는 아빠가. 그리고 출퇴근을 하지 않고 치킨을 훔치는 아빠도 딸을 생각한다.

아빠가 어디서 잘도 들고 오는 물건 중에는 적극적으로 훔친 새 상품도 있었고, 공공장소에 놓여 있었다는 게 잘못인 분실물도 있었고, 쓰레기장에 방치된 고물도 있었다. 하지만 그는 그 물건들을 위계 없이 공평하게 자랑스러워했다. 그가 훔친 물건들이 가세에 도움이 되지 않았다고 말할 수는 없지만, 그가 오직 가세를 일으키기 위해서만 그런 크고 작은 도둑질을 했는지는 의문이다. 아무리 생각해도 그는 도둑질을 좀 좋아했던 것 같다. 간이 크게 태어난 김에 간이 어디까지 버티는지 시험해야 했던 것이다. 근육이 강한 사람은 자꾸 무거운 걸 들어보고 싶어 하듯이. 다리가 튼튼한 사람은 더 빨리 달려보고 싶어 하듯이. 더 무거운 물체를 들게 될수록, 속도가 나면 날수록 기뻐하듯이. 나는 규칙의 진공을 찾아내는 일, 규칙을 어기고도 기지를 발휘하여 처벌을 모면하는 일, 위험을 크게 감수하여 이득을 취하는 일을 굳이 하고 싶었던 적이 없지만, 그런 일을 하고 싶고 할 수 있으며 심지어 잘하는 사람을, 그런 일에 뛰어난 재능이 있는 사람의 입장을 가끔 생각한다. 장발장이 캉파뉴와 은수저를 훔치면서 솔직히 좀 즐겼다면? 그 순간 직감한 그 망할 재능과 운명이 너무나 달고 수치스럽고 아득해서 그가 남은 생을 그토록 참회하며 살았던 거라면? 나는 그 버전의 장발장이 더 마음에 든다.

$$\times$$

영빈과 계향이 나의 부모가 되기 한참 전에, 두 청년은 주로 신촌과 종로에서 데이트를 했다. 기분이 나면 한탄강에도 가고 두타산에도 갔다. 그렇게 멀리 나들이를 갈 계획을 짜는 날에 영빈은 계향에게 만날 시간도 목적지도 다 알려주지 않고 정오 이후 언제든 서울역으로 나오면 자기가 있을 거라는 여유만만한 지령만 주었다. 그러곤 꼭두새벽에 여행 짐을 싸서 서울역에 도착해 계향을 기다렸다. 책을 읽고 산보를 하면서, 푸르스름한 서울역에 아침 해가 들고, 그 해가 기울고, 역사를 주홍빛으로 물들이는 모습을 다 보면서. 오후 느지막이 계향이 도착하면 영빈은 이렇게 말하곤 했다. 좀 더 늦게 오지. 기다리는 게 좋았는데.

어느 점심, 스물세 살의 계향은 서른 살의 영빈을 종로 5가의 한 경양식집에서 만나기로 했다. 드물게 영빈 쪽이 늦는 날이었다. 계향도 영빈처럼 상대방의 지각에 맘상하는 타입이 아니었으므로 계향은 별생각 없이 영빈을 기다렸다. 영빈은 약속 시간을 세 시간이나 넘겨 식당에

도착했다. 후줄근한 푸른색의 추리닝을 아래위로 걸치고 나타난 영빈은 평소보다 풀이 꺾인 모습으로 말했다. 시간 맞춰 올 수 있었는데, 종로서적에서 책을 훔치다 걸려서 늦었다고. 영빈은 종로서적의 사장님과 알은체를 하고 지내는 단골이었다. 질 좋은 일본어 서적을 취급하기로 이름 높은 종로서적 1호 코너의 작고 가벼운 책들이 계산대가 아니라 영빈의 주머니로 솔찬히 들어갔다는 사실을 계향은 그간 몰랐다. 사장님의 사고 흐름도 계향과 비슷했을 것이다. 아니, 이 청년이? 그럼 그간에도? 대체 언제부터? 대체 얼마나? 처음 가는 책방에서 책을 훔치는 것보다 자주 가는 책방에서 책을 훔치는 일이 몇 배는 더 어려울 것 같다고 계향은 생각했다. 화가 난 사람보다 실망한 사람의 얼굴이 더 보기 어려우니까.

책도둑은 도둑도 아니라는 문구가 널리 쓰이던 시절이었다. 어릴 때 나는 그 말이 근사하다고 생각해서 자주 따라 읊었다. 지금은 그 문구를 들으면 책들이 아까워서 속에서 천불이 난다. 책도둑보다는 책팔이 쪽에 더 이입하는 입장이 되었기 때문이다. 대체 무슨 책이 그렇게 탐이 났을까? 영빈은 세렌디피티의 신봉자였다. 몇 날 며칠 한 단어가 머릿속을 떠나지 않을 때 책방에 가서 처음으로 잡은 책을 펼치면 바로 그 단어가 적힌 페이지가 나타나고는 한다고. 그렇게 만난 책을 안 가질 순 없는 거였다. 그런 만남에 값을 매기거나 지불할 수는 없는 거였다. 계향의 말에 따르면 훗날 영빈은 할머니의 전세금을 얻어내 책값으로 탕진한다. 인터넷 서점에 들어가 절대로 다 비울 수 없는 내 장바구니를 보면 등줄기를 따라 소름이 돋는다. 그게 전혀 불가능한 일이 아님을 잘 알겠어서….

시간이 흘러 서른 살의 계향과 서른일곱 살의 영빈은 결혼을 하고 자식을 낳고 스키장이 있는 강원도에 눌러앉았다. 알음알음 찾아온 스키 제자들을 모아 한솥밥을 먹이고 땀에 전 스키복을 빨아주는 선생님 부부가 되었다. 그러고도 영빈은 물건을 슬쩍하길 멈추지 않았다. 계향은 딸들에게 출처가 찜찜한 물건이 자꾸 오는 것을 아주 싫어하게 되었다. 야무지고 매운 손을 지닌 계향은 물려받은 물건에도, 주운 물건에도, 망가진 물건에도, 깁고 더하여 고친 물건에도 새로운 쓸모와 자리를 주었지만 훔친 물건의 존재만큼은 힘들어했다. 미끄러지는 운동을 즐기던 계향과 영빈은 두 딸이 초등학생이 되었을 무렵 인라인스케이트를 선물했다. 이걸 타려면 애들 보호대가 있어야겠어, 계향이 말하자 영빈은 듬직한 표정으로 대답했다. 그건 내가 처리할 수 있어. 영빈은 곧 맨몸으로 스키장 화장실에 들어갔다가 어깨와 무릎에 보호대

두 세트씩을 낀 모습으로 등장했다. 그게 대체 어느 우주에서 소환된 보호대인지는 알 길이 없었다. 그는 누가 화장실에 새것같이 좋은 보호대 두 짝을 버렸다고만 자초지종을 설명했으니까. 계향은 그런 누가 실제로 존재했기를 지금도 바라고 나도 그렇다.

매년 겨울 스키 시즌이 다가오면 영빈은 스키장 티켓을 창조하는 작업에 착수했다. 스키 티켓이 모바일로 날아오는 바코드가 아니라 그 자리에서 프린터로 뽑는 종이 스티커였던 때에만 가능했던 협잡질이었다. 작업의 순서는 이렇다. 1. 버려진 스키 티켓들을 모은다. 2. 날짜가 지난 스키 티켓에서 숫자 부분을 오려 핀셋으로 떼어낸다. 3. 원하는 날짜의 티켓으로 조합한다. 그러니까 12월 14일에 스키를 타고 싶다면, 12월 4일 자 티켓에서 오려낸 '4'를 12월 10일 자 티켓의 마지막 숫자 '0' 위에 덮어서 12월 14일 자 티켓을 만드는 것이다. 스키장에 가기 전 그 창조 티켓을 받고 싶어서 대관령에 있는 선생님 집으로 들르는 스키 마니아들이 한둘이 아니었다. 영빈과 죽이 맞는 사람들은 밤사이 과거의 티켓을 미래의 티켓으로 탈바꿈시키며 그렇게 즐거워할 수가 없었다. 계향은 그 공작 시간을 치가 떨리게 싫어했지만, 문제는 계향만큼 손이 예민한 사람도 없었다는 것이다. 계향이 오려 붙인 티켓만큼 감쪽같은 티켓은 어디에도 없었다. 계향이 그 일을 얼마나 멀리하고 싶었는지 알았기 때문에 영빈은 나중에 두고두고 후회했다. 그런 일에 참여하게 해서는 안 되었다고.

내가 원하는 일들은 규칙 안에서도 대강 이룰 수 있어서일까. 나는 완전히 계향의 편이다. 자기 좋으라고 규칙을 어기는 사람은 차라리 이해가 쉽다. 그러나 영빈은 자주 남 좋으라고도 규칙을 어겼다. 사랑하는 이에게 훔친 물건을 주면 기분이 좋은가? 간도 크지. 나 같으면 사랑하는 이에게야말로 그 무엇으로부터도 훔치지 않은 좋은 것을 주겠다. 제일로 떳떳하고 아름다운 것을 주겠다. 언젠가 그 방향으로 영빈을 설득할 생각이었는데, 어느새부턴가 영빈은 아무것도 훔치지 않게 되었다. 여전히 공짜 물건을 좋아하고 홈쇼핑을 과하게 즐기기는 하지만.

$\times$

아버지께서 오늘을 넘기시기 어려울 것 같습니다, 라는 연락을 받았을 때 나는 서울에 있었다. 그날 아침까지만 해도 강원도에 모두 함께 있었는데, 잠깐 틈을 내 서울에서의 일을 모두 매듭짓고 홀가분한 맘으로 돌아가려고 했는데, 이렇게 허를 찌르다니. 영빈의 간에 커다란 암이 있음을 알게 된 지 두 달 만의 일이었다.

　가장 가까운 시간으로 티켓을 바꾸어 열차 출발 3분 전 서울역에 도착했지만 내 승차권 어디에도 타는 곳 번호는 뜨지 않았다. 전광판을 빠르게 훑어 타는 곳 3번으로 달렸다. 달리면서 나는 이해했다. 내가 가진 티켓은 오늘 티켓이 아니라 내일 티켓이구나. 시간은 맞았지만 날짜를 틀렸구나. 티켓을 창조할 순 없는 노릇이어서 나는 속도를 멈추지 않고 그대로 열차에 올라탔다. 1호차와 2호차를 잇는 통로에 입석으로 탑승한 승객들 사이로 뛰어들어갔다. 잠깐 화장실에 숨었다가 열차가 출발하자마자 KTX 고객센터로 전화를 걸어 방금 무임승차를 했다고 털어놓았다. 무임승차를 자진신고하면 티켓값의 1.5배를 내고 열차에 머무를 수 있었다. 동생에게 메시지를 연달아 보냈다. 열차를 무사히 탔어, 그냥 무임승차했어, 이제 한 시간이면 횡성역, 택시를 타면 몇 분. 그게 약간 자랑 섞인 투였다는 걸 빤히 알 텐데도 동생이 평소처럼 내게 참 잘했다고 칭찬을 해주지 않아서 두려웠다. 찬 손에 심장을 잡힌 듯 선뜩한 느낌이 들어 열차 바닥에 얼굴을 대고 엎드렸다. 동생이 아무 말도 없는 이유를 알 것 같아서 숨이 쉬어지지 않았다. 동생은 고민하고 있었던 것이다. 조금 전 우리가 아빠를 잃었다고 내게 알려야 해서.

　하지만, 내가 가고 있는데? 계향에게 부탁해 영빈의 귀에 핸드폰을 대달라고 말해놓고 고래고래 소리만 지르게 되었다. 아빠, 내가 가고 있잖아. 원래는 탈 수 없는 열차에 돈도 내지 않고 탔잖아. 내가 모든 방법을 동원해서 가는 중이었잖아. 사람들을 속였잖아. 내가 자랑스럽지 않아? 내가 왜 서울에 갔을까? 그런 원망만 튀어나왔다. 뒤늦게 진짜 하고 싶었던 말이 떠올랐다. 아빠, 내가 너무 사랑해. 내가 아빠를 너무너무 좋아해. 여전히 '내가'로 시자하는 말들이었다. 왜 그렇게 내가, 라고 많이 말하게 되는지 모를 일이었다. 누가 당신을 사랑하는지 당신이 잊기라도 한다는 것처럼.

병원에 도착해서 신발을 벗고 침대로 올라가 가만한 영빈 옆에 누워보았다. 시신이라고는 믿기지 않을 만큼 편안한 모습이었다. 불과 어제도 본 얼굴이 왜 이렇게 새로 보일까 생각했더니 얼굴에 더 이상 고통이 없어서 그렇다는 걸 알 수 있었다. 군데군데 따뜻했다. 계향과 동생은 영빈의 몸을 내내 만지고 입 맞추며 너무 좋은 시간을 보내고 있었다고 했다. 영빈과 같은 이불을 덮고 모로 누워 있자니 목소리가 절로 조곤조곤해졌다. 아까 너무 소리만 질러서 미안해. 세상에 태어나 처음으로 사랑했던 남자의 몸을 토닥이면서 속삭였다. 아빠, 내가 잘 써줄게. 아빠 얘기 써서 돈 많이 벌게. 그제야 내게도 규칙의 진공을 찾아내는 일, 규칙을 어기고도 기지를 발휘하여 처벌을 모면하는 일, 위험을 크게 감수하여 이득을 취하는 일을 간절히 욕망하는 면모가 있음을 알게 되었다. 하고 싶고 할 수 있으며 심지어 잘할 수 있는 일. 훔쳐야 한다. 훔쳐서 써야 한다. 배운 게 도둑질이라면 마땅히.

$$\times$$

영빈이 아직 살아 있을 때 나는 장례식장에 전화를 걸어 혹시 식장에서 개와 함께 있어도 되는지 문의한 적이 있다. 상담원은 당황하여 개가 큰지 묻다가, 아니 일단 문상객이신지 상주이신지 묻다가, 상주가 될 수도 있을 것 같다고 대답하니 언제쯤 될 것 같은지 묻다가, 아니지 아니지 어쨌든 케이지에 넣을 수 있는 작은 개가 아니면 안 된다고 최종 답변을 주었다. 혹시 이런 질문을 하는 사람이 없었나요? 물으니 없었다는 대답이 돌아왔다. 같은 날 서울 정릉에 사는 유명 작가는 내게 약속했다. 무슨 일이 생기면 즉시 차를 몰고 와주겠다고. 그 차에 내가 사랑하는 친구들과 내가 사랑하는 개를 태워 강원도 원주까지 안전하게 모시겠다고. 그담부터 개를 어떻게 할지는 만나서 생각하자고.

유명 작가가 약속을 지켜주어서 우리는 자정 근처에 장례식장 주차장에서 만났다. 아까 낮에 헤어져서 이 밤에 다시 만난 개가 여전히 건강한 모습으로 그러나 섭게 몸을 흔들며 차에서 내렸다. 검은 옷을 입은 동지들과 한 차례 포옹을 마치고 얼룩개의 줄을 잡았다. 아직 빈소도 다 꾸며지지 않은 이때만이 기회였다. 공식적인 첫 번째 조문객이 오려면 일러도 새벽이나 되어야 했으므로 시간 이 있었다. 조는 직원들 말고는 아무도 없는 장례식장 정 문을 개와 나란히 통과해서 빈소에 이를 때까지는 1분도 채 걸리지 않았다. 빈소 앞 의자를 지키던 아는 삼촌이 일어나 나와 무늬와 친구들을 걱정스런 표정으로 맞았 다. 친척이 적은 우리 집 대소사마다 멀티맨을 자처하는 이 아는 삼촌에 관해 나는 죄송하지만 그가 영빈과 계향 의 오랜 지기라는 사실 정도만을 알고 있었다. 마침 2층 에 우리밖에 없으니 얼마나 운이 좋으니. 그런데 얼마나 있을 수 있을진 모르겠다. 아는 삼촌이 말해서 나는 그러 게요, 대답했다.

만일 내게 화를 내거나 제정신이냐고 묻거나 이래서 개빠들이 싫다는 사람들이 나타나면… 그게 대순가? 아 빠가 죽었는데. 가슴속에서 용기가 샘솟았다. 제단 앞에 깔린 왕골 돗자리에 개의 발톱이 스치는 소리가 감미로 웠다. 내친김에 개와 함께 주저앉아보았다. 영빈의 영정 사진과 커다란 개가 마주 보는 장면을 완성하자 이제 됐 다는 생각이 들었다. 영빈이 내가 키우는 이 개를 얼마나 예뻐했던가. 무늬라는 이 개의 이름도 얼마나 좋아했던 가. 우리가 내쫓길 때까지 얼마큼의 시간이 남았을지 다 가늠하기도 전에 직원 두 명이 빈소로 출동했다. 이건, 이 런, 이, 이렇게 하시면 안 돼요. 직원들이 기함하는 얼굴 을 보자 불손하게도 기분이 좋았다. 죄송합니다. 금방 갈 거예요. 직원들은 일단 그 개를 안 보이게 해달라고 말했 다. 유족 대기실에 넣어놔달라고. 당장 나가라고 할 줄 알 았는데 더 안쪽으로 치우라니 이게 웬 떡이람. 아는 삼촌 이 일어나 한마디 거들었다. 그, 고인이 자식같이 생각하 던 개라서…. 진절머리가 난 직원들은 마른세수를 하고 딱 오전까지만 계시라는 말을 남긴 채 자리를 떴다.

직원들의 모습이 사라지자마자 나도 개를 데리고 장 례식장에서 나왔다. 그럴 거면 뭐 하러 불러들였냐고 핀 잔을 들어도 할 말이 없을 만큼 짧은 위반이었다. 그래 도 이다음에 꿈에서 만난다면 아빠에게 규칙을 어겨본 기분에 대해 말하고 싶었다. 다른 누구도 아닌 당신을 위 해 어기고 우겨보니 재미가 좋더라고. 내 사랑만 중요하 고 다른 건 중요하지 않아서 속이 시원했다고. 당신이 사 랑하는 방식으로 당신을 사랑해보니 자랑스러웠다고. 더 이상 신을 믿지 않는다는 친구가 나를 위해서 기도해줄 때만큼은 낡은 창고에 던져 넣었던 믿음을 잠시 훔쳐 오 듯, 바로 그런 걸 볼 때 억장이 다 무너지듯, 모래처럼 파

도처럼 눈송이처럼 전부 부서질 수 있어서 무척 행복했
다고.

어느 노잼 인간의 한 방

돈이 있는 남자를 사랑하고 있다. 그에게 처음부터 돈이 있지는 않았다. 내가 그를 먼저 사랑했다. 열심히 사랑했더니 어느 순간 돈이 있는 남자로 변했다. 그를 사랑한 지 13년째, 그가 저축을 꾸준하고 성실하게 해왔다는 사실을 처음 알게 되었다. 얼마 전 나는 햇수로 5년째 살고 있는 집에서 나가야 할 위기에 처했다. 나라에서 전세금을 전액 지원해준 집이었는데, 청년전세임대 제도를 이용할 수 있는 기간이 마침내 끝나버린 것이다. 제도가 정해준 청년기 내내 나는 돈을 모으지 못했다. 나라에서, 은행에서 이 좋은 지원을 바탕으로 자립을 준비하지 않고 그간 대체 뭘 했냐고 묻는 것만 같았다. 글을 쓰고 사랑

을 했는데요…. 큰 개도 하나 입양하고…. 그런 대답을 하
는 상상을 하자 너무 창피해서 얼굴이 가려웠다. 낙담한
나를 그가 구했다. 그는 그간 모은 돈으로 은행에서 신용
을 인정받아 전세금을 만들어 내가 이 집에서 계속 살 수
있도록 해주었다. 10년 넘게 내 집의 손님이었던 그는 이
제 내 집의 세대주다.

　이런 꿈같은 일이…? 그보다 대체 어떻게 모았지? 박
봉의 기자면서. 그는 조회수를 쫓지 않는, 강한 원칙을 가
진, 이쪽에서도 저쪽에서도 그쪽에서도 미움받더라도 써
야 할 기사라면 쓰는, 달리 말해 상시적 가난에 시달리
는 언론사에서 일한 지 올해로 8년이 되는 기자다. 나는
그가 스탠딩 다리미판을 따로 사서 쓰는 늘씬한 대학생
일 적부터, 아침 라떼와 담배 빼곤 소비 내역이 거의 없
는 원숙한 기자가 된 지금까지 내내 그를 지켜봐온 작가
다. 흥미롭고 이상하고 아름다운 것만 보면 글로 남겨 내
이름표를 붙여버리는 나와 다르게, 기자인 그는 자기가
다루는 기사 속에서 철저히 사라지도록 훈련받았다. 칭
찬도, 인정도, 명예도, 알아봐짐도 감히 바라지 말 것. 좋
은 기사를, 필요한 기사를 쓰고 그 다음 기사도 그렇게
쓸 것. 그것만이 기자의 훈장이요 보람이 되게 할 것. 그
는 이 단락을 읽다가 이건 너무 미화된 것 같다고, '그러
기를 지향한다' 정도로 쓰면 어떤지 묻는다. 그런 그가 흥

미로워서 그를 글로 쓰거나 사진으로 남길라치면 손사래를 치면서 얼굴을 가려버린다. 자기가 흥미롭다는 사실을 널리 알리지 말라는 게 그의 원칙인 것 같다. 그런 점에서 그는 좀 옛날 사람이다. 그는 내 글 속에 자기가 아예 안 나올 수는 없다는 사실을 오랜 시간에 걸쳐 어렵게 받아들였다.

여기까지 썼을 때 아침이 되었고 출근을 하려고 일어난 그가 물었다. 어제 글은 잘 마쳤어요? 나는 아직 쓰고 있다고 대답했다. 이번엔 무슨 얘기를 쓰지? 그는 물었고 나는 네 얘기를 쓴다고 말했다. 내 얘기? 응, 그거 있잖아. 돈이 있는 남자를 사랑하고 있다, 이렇게 시작하고 싶다고 한 글. 그는 귀를 잔뜩 붉히며 웃더니 내게 손을 흔들고 회사로 떠났다. 어떻게 써달라거나, 뭐는 쓰지 말라거나 그런 말은 한마디도 없이, 다만 무진장 곤란해하면서. 책임감으로 가슴이 뻐근해서 그를 보내고 난 뒤에 한참이나 서재를 서성였다. 나는 글 속에서 그를 다다라고 부른다.

야근, 새벽 출근, 주말 근무, 두통, 손 저림, 어깨 결림, 허리 디스크에 시달리는 다다가 집에 올 때 나는 거실 식탁에 『시사In』이나 『한겨레21』, 택배 완충재로 쓰인 신문지 같은 시사 관련 간행물이 되도록 없게끔 식탁을 치운다. 퀭한 눈의 다다가 그 종이들에 다시 한 번 얼굴을 파묻을 것이기 때문이다. 재밌어하면서. 개탄하다 감탄하다 하면서. 눈을 세게 비비면서 다다는 말할 것이다. 이번에 『한겨레21』이 사법개혁 기사를 너무 잘 썼어요. 알게 뭐람? 편두통 때문에 눈을 잘 뜨지도 못하면서…. 그는 시사를 향한 관심을 잘 끄지 못한다. 가만히 두면 계속해서 뉴스를 보고 듣는다. 보다 못한 내가 그 두꺼운 손을 잡아끌어 침대에 눕히면 딱 30초 만에 잠든다. 영화라면 타이틀 시퀀스가 나오기도 전에, 유튜브라면 시청자 이탈을 막는 미리보기 구간이 끝나자마자 코를 곤다. 이거 정말 웃기다? 내가 보여주었으나 다다가 보지 못한 수많은 우스운 영상들이 있다. 무아지경으로 자는 다다 옆에서 나는 혼자 재밌는 걸 숱하게 섭렵하다 밤을 샌다. 인터넷에 절여지지 않은 다다에게 내 세계를 설명하기가 힘이 든다. 한번은 다다가 직장 내 괴롭힘 사건에 대해 설명하면서 "그런데 이분이, 담이 용어로는 '싸불'을 당하신 거야"라고 말한 적이 있다. 야, 그거 내가 만든 말 아니라고….

〈슬램덩크〉 한국어 더빙판의 채치수 목소리를 따라 하는 것도, 항문을 긁어 냄새를 맡는 라쿤의 손 모양을 따라 하는 것도, 산책하다 마주치는 개들의 속마음을 유추해 말풍선을 다는 것도, 유행하는 밈의 기원과 용례를 설명하는 것도 전부 내 몫이다. 이대로 가다간 나는 지나치게 재밌어질 텐데… 그럼 우리의 유머 격차가 상당할 텐데… 만나기 힘들어지면 어쩌려나 몰라…. 내가 심각한 체를 하면 다다는 마구마구 웃는다. 그의 웃음소리는 절반 정도는 무음인데, 숨을 크게 들이쉴 때는 까악 아니면 아악 하는 소리가 나기도 한다. 속수무책으로 웃고 나서 그는 정말 아무 말도 안 한다. 흐흥, 흐응, 하는 웃음의 마지막 꼬투리까지 코에서 다 빠지고 나면 행복한 눈을 하고서 나를 그냥 쳐다본다. 다다는 티키타카를 모른다. 우리는 핑퐁을 하지 않는다. 공은 나만 던진다. 그리고 나는 이제 이 관계에 완벽하게 길들여졌다. 나는 광대고 다다는 관객이다. 내게 공을 던지는 관객 같은 게 왜 필요하담? 나의 수줍은 노잼 인간이 있는데.

그런 다다가 나를 웃겼을 때 우리는 베란다에 앉아 있었다.

그 베란다는 원래는 앉을 수 있는 베란다는 아니었다. 중개인이 자랑한 대로 꽤 커다란 베란다이긴 했지만, 군데군데 깨지고 줄눈이 상한 불그죽죽한 타일에서 돌가루가 계속 나왔고 크고 낡은 창으로 흙먼지와 날벌레가 들이쳤다. 세탁실이 되기 딱 좋다고 생각했는데 겨울이면 너무 추워서 세탁기가 자주 얼었다. 그 베란다에 조립형 플라스틱타일을 깔고 방충망을 손보고 방풍지를 붙여서 쓸 만한 베란다로 만들었다. 캠핑 의자와 작은 테이블을 놓아 근사한 두 번째 거실로 만들면 어떨까 잠시 꿈꾸었지만, 베란다는 너무 덥거나 너무 추웠고 여전히 흙먼지와 날벌레가 들이쳤다. 그냥 창이 달린 야외라고 봐도 된다. 생각해보면 빌라촌의 바깥 풍경도 앉아서까지 감상할 무엇은 아니었다. 결국 그 베란다는 세탁기, 에어컨 실외기, 공구함, 정 떨어진 물건들, 쓰레기봉투, 그리고 재떨이가 상주하는 창고 비슷한 공간이 되었다. 다다와 나는 빨래를 돌려놓고 그곳에 앉아 맞담배를 피우기를 좋아한다. 땀을 뻘뻘 흘리거나 오들오들 떨면서.

내가 집 문제로 가슴을 쥐어뜯고 개와 노숙하는 꿈을 여러 차례 꾸던 시기에, 은평차고지와 연신내역 사이를 오가는 7715번 버스 안에서 어느 날 다다는 내게 조용히 물었다. 왜 내게는 도와달라고 안해? 내가 도와줄 수 있어. 나랑 같이 살면 되지 않아? 왈칵 서러워져서 코를 감싸쥐며 대답을 얼버무렸다. 다다와 같이 산다니, 다다가 내 동거인이 된다니, 그건 내가 이십대 내내 바라던 거였다. 내가 먼저, 그리고 아주 오래 그 일이 일어나기를 원했다. 그러나 다다에게 동거란 결혼을 해야만 할 수 있는 일이고 내게는 아니어서 우리는 오랫동안 같이 살지 못했다. 마침내 그 일이 실현되려나 싶은 순간이 오자, 뜻

밖에도 발아래의 디딤돌이 모래가 되어 허물어지듯이 불안한 기분이 들었다. 이런 행운이 왜 다른 사람 말고 나에게 오는지 타당한 근거를 댈 수가 없었다. 다다가 없으면 나는 내 손으로 가꾼 이 집을, 이제는 내 집일 뿐만 아니라 개의 집이 되기도 한 이 집을 유지할 방도가 없다. 그럼 다다가 없는 사람은 어떻게 하지? 다다가 없어지면 나는 어떻게 하지? 누구의 도움 없이도 괜찮을 수 있도록 딴딴하게 다져온 이 생활력을 다 어떻게 하지?

게다가 나는 집이 너무 간절했다. 이렇게나 간절하지 않을 때 그 말을 듣고 싶었다. 내가 위기에 처해서도 아니고, 서울살이를 포기할까 생각하고 있어서도 아니고, 그저 더 견딜 수 없이 사랑스러워서 같이 살자는 거라면 좋았을 텐데! 다다는 간만에 입을 꾹 다문 내 얼굴에서 흐르는 눈물 콧물을 손으로 훔쳐주며 신음했다. 내가 다다라도 목숨을 살려준 까치에게 뺨을 맞은 듯이 어리둥절했을 것이다. 내 입에서 나오는 말들이 전부 비루하고 치졸했다. 나는 있잖아, 결혼정보회사 뒷문으로도 못 들어갈 거라고, 알고 있어? 누구랑 같이 살자고 하는 건지 알고 있냐고…. 내가 비죽비죽 흉하게 우는 동안 다다의 뜨거운 손바닥이 얼굴을 덮었다 사라졌다 했다.

이후로도 퇴근한 다다가 내 집으로 와 내가 차린 저녁

을 나눠 먹는 평범한 날들이 이어졌지만, 그때부터 밥을 할 때마다 좀 묘한 기분이 들었다. 더 정성을 다하는 느낌? 늘 정성스러웠지만, 이번에 사용한 정성은 오랜 역사에 걸쳐 내 유전자에 각인된 한 종류의 여성성이 친히 불러내주었다는 느낌? 무릎까지 늘어진 할리데이비슨 티셔츠를 입고 만든 밥이지만 어쩐지 허리를 꼭 조이는 앞치마를 두르고 만든 밥인 것 같은 느낌? 본의 아니게 굴종적인 뉘앙스를 풍기고 그래서 좀 야하기도 한 느낌? 집을 잃을 위기에서 구해진 여자가 격무에 시달린 남자를 위해 차리는 저녁이라니, 내 서재의 한 칸을 차지하고 있는 책들이 이 그림 같은 진부함에 진노할 것 같아서 뒷목이 따끔거렸다. 버지니아 울프에게 말하고 싶었다. 하지만 선생님, 여자는 자기만의 방을 위해서 뭐든 할 수 있어요. 실은 나는 진부할 뿐만 아니라 행복했다. 다다가 내게 집을 빌미로 뭔가 더한 걸 요구하길 바랐다. 뭘 더 요구해야 하는데? 다다가 물을 때면 나는 힘주어 대답했다. 아니, 뭐 앞치마를 입고 걸레질을 하라든가…. 다다는 내 말의 과격함에 깜짝 놀라며 대체 사람이 사람에게 왜 그래야 하느냐고 말하곤 따뜻한 물에 허리를 지지러 갔다.

밥을 다 먹고 빨래를 돌리고 베란다에 앉아서 다다와 담배를 피우면서 나는 이죽거렸다. 이제 이 세탁기도 네 거야. 이 그지 같은 베란다도. 아무도 원하지 않을 많은 게 다 다다 거가 됐어. 낙장불입이야. 후회해도 소용없어. 너는 사기를 당한 거야. 나는 완전히 성공했지. 이런 운은 인생에 몇 번 안 와. 그래서 나는 엄청 조심해야 돼. 왜냐면 내일 큰돈을 잃어버리든가 크게 다치든가 할 테니까. 여느 때처럼 맥을 못 추고 웃기만 할 줄 알았는데, 그날 다다는 이렇게 응수했다. 근데 왜 운이 더 좋을 수 있었단 생각은 안 해? 내가 아는 기자답게 진지한 얼굴이었다. 피구 공을 이마에 맞았을 때처럼 얼얼했다. 나는 그게 무슨 뜻이냐고 물었다. 대한민국 그렇게 가난한 나라가 아니야. 양극화가 심해서 그렇지, 1년에 억을 버는 사람도 적지 않다고. 나는 갑자기 들은 내 나라의 이름에 놀라서 플라스틱타일을 손으로 내리치며 웃음을 터뜨렸다. 다다는 걱정스러운 표정으로 이어 말했다. 네가 지금 막 부자랑 결혼하는 게 아닌 건 알고 있지…? 나는 아무 반박도 하지 못하고 폭소하면서, 다만 알고 있다고, 아주 잘 알고 있다고 고개를 세차게 끄덕였다. 한 방을 날린 남자가 그제야 씩 웃었다.

농담과 번복

2024년 9월 29일, 서울 망원동에 있는 한 카페에서 합동 북토크를 했습니다. 한유리의 노란색 책 『불멸의 인절미』의 제목에는 한유리가 사랑하는 기니피그 인절미의 이름이 박혀 있었고, 안담의 초록색 책 『친구의 표정』의 표지에는 안담이 사랑하는 개 무늬의 얼굴이 그려져 있었습니다. 북토크는 순조로웠습니다. 한유리 작가는 지각을 했고, 한유리 작가가 지각을 하는 동안 사회자인 하은빈 작가와 저는 제 책에서 '지각'이라는 제목의 글을 뽑아 낭독하며 그를 기다렸습니다.

늦을 것 같다는 유리를 기다리면서 (⋯) ⋯유리를 기

다렸다. (…) …유리는 헐떡이는 목소리로 내게 전화를 건다. 담아, 어디야? 나 늦어서 못 들어간대. 친구들 부스에 줄 체리 가져왔는데…. 비인간과 인간이 주제인 도서전에도 지각하는 인간은 들어올 수가 없어서 막 웃음이 난다. 비인간도 못 되는 인간은… 바로 지각하는 인간입니다…!

한유리 작가가 숨을 헐떡이며 카페에 도착했을 때 모두가 웃었습니다. 큰 웃음으로 시작하는 북토크는 대부분 성공적으로 끝납니다. 마지막에 한 번 더 웃길 수 있다면 완벽합니다. 글과 마찬가지로 행사도 처음이 좋고 끝이 좋으면 성공입니다. 중간은 대충 해도 됩니다. 저의 글쓰기 선생님은 좋은 글에 대해 많은 말을 했고 그중에는 이런 말도 있었습니다. 제목 좋지, 첫 문장 좋지, 마지막 문장 좋지, 그럼 끝난 거 아니야? 제 글방에서도 이 말을 여러 번 따라 썼습니다.

그러니 인생은 꼭 반대라는 생각이 듭니다. 삶은 처음과 마지막이 안 좋습니다. 탄생은 흉하고 죽음도 흉합니다. 좋다고 말할 수 있는 부분은 삶의 중간에 속해 있습니다. 중요한 성취도 중요한 잘못도 모두 살아가는 와중에만 할 수 있습니다. 태어나기와 죽기는 누구에게나 필연적이고, 그 누구의 의지도 잘못도 아니며, 열심히 하기나 잘하기가 통하지 않는 영역입니다. 웰-비잉만큼이나 웰-다잉이 각광받고 있지만 저는 죽음에 관해서는 닥터 하우스의 말에 손을 들어주겠습니다. 그저 약간의 존엄을 지키며 죽고 싶다며 더 이상의 치료를 거부하는 환자에게 하우스는 다그칩니다. 그런 건 없어. 죽음은 항상 추한 거야, 항상. 존엄하게 살 순 있어도, 존엄하게 죽을 수는 없어.

북토크가 끝나고 보름쯤 지났을 때 관객 중 한 명이었던 조소정 편집자에게 문자가 왔습니다. 그와 저는 책을 만들기로 한 지 오래였고, 저는 아직도 그 책이 무슨 책이 될지 모르고 있었죠. 올 것이 왔다는 느낌에 심장을 부여잡았습니다. 지난번 북토크 때 담 님 말씀에서 "농담과 번복"이라는 말이 제 맘에 남았어요. 농담하고 번복하고… 계속되는 삶을 은유한다고 생각됐고요.

농담과 번복은 실제로 제가 굉장히 즐겨 쓰는 단어였습니다. 그걸 어떻게 아셨지? 나도 몰랐는데 귀도 좋으시지! 비로소 다음 책이 무슨 책이 될지 알겠다는 기분에 가슴이 부풀었습니다. 편집자님, 이제 알겠어요. 그걸 쓸래요. 농담하고 번복하는 이야기를 쓸래요. 글을 쓰기 시작하고 머지않아 알았습니다. 좆됐다. 그게 대체 무슨 얘긴데…. 농담하는 사람도 아니고 농담에 관해 쓰는 사람이라니 최악이잖아. 했던 말을 번복할까 여러 번 생각했습니다. 그러나 그런 메일을 어떻게 쓰겠어요? 편집자님, 고민 끝에 메일을 씁니다. 이런 메일을 써야 하는 마음이 참담하고 죄송스러워 도무지 얼굴을 들 수가 없지만… 못하겠어잉. 그럴 수는 없는 거잖아요. 혹여나 담님, 농담이시죠? 하는 답장이 온다면… 거기다 대고 농담 아니라고 할 자신이 없었습니다. 어떤 글은 쓰겠다는 약속을 도무지 번복할 수가 없어서 완성했습니다.

농담하고 번복하는 이야기를 쓰기 위해서, 처음에는 일상 속의 농담을 기억해내려고 노력했습니다. 나와 타인의 재치 있는 말들을 수집하고 복원하려고 했죠. 그런데 웃었던 기억만 나고 뭐에 웃었는지는 기억이 나지 않았습니다. 그다음에는 똑같은 이야기를 세 번 다시 써보려고 했습니다. 그럭저럭 슬프고 재미없는 첫 번째 버전을 쓰고, 아니다, 방금 건 잊어버려, 다시 해볼게, 라는 문장으로 전환을 준 뒤에 좀 더 재미있는 두 번째 버전을 쓰는 거예요. 그리고 다시 아니다, 이것도 잊어버려, 다시 해볼게, 라는 문장으로 전환을 준 뒤에 마침내 세 번째 버전을 근사하게 완성하는 겁니다. 그러니까 제 계획은 이랬습니다.

계획: 재미있게 쓴 다음, 더 재미있게 쓰고, 그다음
엔 더 재미있게 쓰자.

모든 계획이 이렇게만 쉽다면야….

제가 세 번에 걸쳐 다시 쓰고 싶은 이야기는 이랬습니
다. 병원에 도착해서 아빠가 있는 병실의 커튼을 열었더
니 한 친척 어른이 살날이 얼마 남지 않은 아빠의 손을
잡고 통곡하며 이렇게 말하고 있는 게 아니겠어요. 내 마
지막 소원이다, 예수 믿자. 그에게는 결코 놓칠 수 없는
절호의 기회인 듯했습니다. 평소 같았으면 예수라는 이
름만 들어도 사자후를 내질렀을 아빠가, 암세포의 공격
을 막아내는 데 기운을 다 쓰느라 놀랍도록 유순해져 있
었거든요. 신난 친척 어른의 입에서 예수가 일으킨 사람
들의 목록이 쏟아져 나왔습니다. 예수님이 어떤 분이시
냐, 앉은뱅이도 일으키시고, 죽은 사람도 일으키시고….
미리 녹음해둔 듯 거침없는 예수 홍보가 꼿꼿하게 누워
있는 아빠 위로 쏟아졌습니다. 혹시 화를 돋워서 일으키
는 건가 궁금했습니다. 근데 왜 우리 아빠는 못 일으키지
일으켜주면 믿을 텐데…. 그런 생각을 하며 어금니를 꽉
꽉 깨무는데 이런 말이 들려왔습니다. 이제라도 가족을
생각하렴. 우리 천국에서 다시 만나자. 네가 믿어야 네 마
누라도 믿고, 네 딸들도 믿고…. 저는 친척 어른에게 그만

하시라고 말했습니다. 한 번만 더 예수 믿으라고 말하면, 나랑 아빠는 지옥에서 만나기로 했으니까 가로챌 엄두일 랑 내지도 마시라고 일갈하려고 했지요. 아쉽게도 전도 는 거기서 끝났습니다. 병원에서 나오자마자 이곳저곳에 전화를 걸어 고자질을 했습니다. 여러 차례 말을 옮길수 록 전보다 더 우스운 이야기가 되기에 글로도 그렇게 되 는지 궁금했지요. 그런데 아뿔싸, 고자질을 너무 여러 번 했더니 속이 시원해져버리는 바람에 글로는 쓰지 못했습 니다.

몇 년 전 팝업 식당을 할 때 제일 처음 팔았던 음식은 만두, 산초두부조림, 고사리들깨죽입니다. 손님들이 오기 전에 내게는 밤새 빚은 만두, 새벽 시장에서 산 재료로 만들어놓은 산초두부조림과 고사리들깨죽이 있었습니 다. 부엌에 분명히 존재하는 그 무엇을 그릇에 떠서 손님 들 앞에 내놓으며 그 의심 없는 마음에 감사했던 기억이 납니다. 음식이 여기에 있다. 맛은 없을 수 있어도.

글을 쓰기로 약속할 때마다 이런 계약이 어떻게 가능 한지 아직도 의아합니다. 아직 내게 없는 무엇을 주기로 약속해도 되나? 보통 그런 걸 사기라고 하지 않나? 다행 히 아직까지는 글을 주겠다고 말했을 때 거짓말하지 마 세요, 라고 말한 사람은 없었습니다. 게다가 청탁하는 사람도 내게 아직 여기 없는 무엇을 원합니다. 이미 있는 글, 이미 읽힌 글, 그래서 놀랄 일도 없는 글은 덜 원합니다. 쓰기 전에 대강 무엇을 쓸지 기획안을 제시하기도 하지만, 실제로 쓰고 나면 내 앞에는 기획안과는 완전히 다른 무엇이 있습니다. 예약할 수도 예고할 수도 없는 무엇만이 있습니다. 글을 준다고 약속하며 가졌던 믿음, 내 안에 쓸 만한 무엇이 있다는 믿음은 금세 흔들립니다. 사실 글은 내 안에 없고 내 밖에 있어서, 그게 어디 있는지 이제부터 알아봐야 해서, 안개 속으로 손을 뻗어 돌로 된 벽을 더듬으며 한 자 한 자 발견해야 해서, 그 더듬기의 끝에서 보물을 발견한대도 그게 누구의 소유물이었지는 불확실하거나 지나치게 확실해서, 내 손에 들어온 그것이 내 의지나 노력과는 전혀 상관없는 운의 산물처럼 느껴져서, 그러니까 쓰기 전에는 무얼 쓸지 전혀 몰랐다는 사실을 인정해야 해서. 손톱을 뜯고 다리를 떨게 됩니다.

8월 30일에 약속합니다. 10월 14일 자정에 글을 주기로. 10월 13일에 마감을 이틀만 미룰 수 있겠냐는 메일을 보냅니다. 새 마감일은 10월 16일 오전이 되었습니다. 10월 14일이 지나고, 10월 15일에 일어난 일에서 아이디어를 얻어 10월 16일에 약속한 글을 송고합니다. 8월 30일에 우리는 어디까지 알았을까요? 10월 14일에 보내기로 약속한 글은 10월 15일의 일을 가지고 쓰이게 될 거라는 사실을 알았을까요?

쓰는 사람에게는 뭔가 있을 거라는 통념과 달리, 엘레나 페란테는 내게 아무것도 없다는 사실을 받아들인 사람만이 쓸 수 있다고 말합니다. 엘레나 페란테가 보기에 작가는 도굴꾼입니다. 모든 작가는 이미 죽어서 누워 있는 글들을 사용하여 자기 글을 씁니다. 나의 이야기, 나의 목소리, 나의 고유한 문체, 그런 건 없습니다. 글을 쓰다 보면 잠깐씩 찾아오는 여명같이 달콤한 느낌, 드디어 나를 찾은 것 같다는 느낌, 그런 착각에 현혹될 때가 아니라 그 "정반대"의 사실을 깨달을 때 글쓰기에 있어서 "장족의 발전"을 이룬다고 그는 말합니다.

우리는 그 어떤 말도 온전히 우리 것이 아니라는 사실을 있는 그대로 받아들여야 합니다. 글쓰기가 고유의 음색을 가진 자신의 진정한 목소리를 해방하는 기적적인 행위라는 생각도 버려야 합니다. (…) 글쓰기는 끝없이 펼쳐진 광활한 묘지로 들어가는 것과 같습니다. 모든 무덤이 훼손되기를 기다리고 있는 그런 곳으로 말입니다.

　　　 ─『엘레나 페란테 글쓰기의 고통과 즐거움』, 112면
　　　 (엘레나 페란테 지음, 김지우 옮김, 한길사, 2022.)

제 생각도 같습니다. 글을 쓰려면 말을 바꾸어야 합니다. 내게 뭔가 있다고 생각했다. 틀렸다. 내게는 아무것도 없다. 아무것도 없다고 말하고 나니 드디어 뭔가 있어 보인다. 착각이다. 여전히 내게는 아무것도 없다. 말을 자꾸 바꾸고 뒤집는 사람의 인상은 썩 좋지 않습니다. 그러나 대장장이가 달궈진 쇠를 몇 번이고 뒤집어 치듯, 말도 뒤집어야 고칠 수 있는 건 아닐까 생각합니다. 누가 반복한다면 그건 전에 뭘 잘했다는 뜻입니다. 좋고 중요하니까 또 하는 거겠죠. 누가 번복한다면 그건 전에 뭘 잘못했다는 뜻입니다. 그래서 번복이 더 어렵습니다. 다시 생각해보니 그때 틀렸다고, 잘못했다고 말을 바꾸는 일에는 큰 용기가 필요합니다. 용기 낸 대가도 좋지 않을 가능성이 높습니다. 창피하고 면이 깎이겠죠. 반복은 신뢰를 낳고, 번복은 불신을 낳습니다. 훌륭한 인간은 반복합니다. 못 미덥고 못마땅한 인간은 번복합니다. 그리고 바로 그럴 때 약간의 농담이 필요합니다. 자기 머리 때리기. 약간 굽실거리기. 이 자리에서 할복하겠다는 비장한 대사를 꾹 참기. 유머는 내가 좋은 일이 아니라 나쁜 일을 되풀이할 거라는 예감 앞에 매번 경악하지 않는 사람만이 가질 수 있는 태도입니다. 2025년, 미국 최고의 유머리스트에게 수여되는 '마크 트웨인 상'을 수상한 코난 오브라이언은 다음과 같은 말로 수상 소감 연설을 맺습니다.

제 평생 사랑했던 코미디는 우리 모두 흠이 있고 한심하며 다 함께 진흙탕을 뒹군다는 전제 위에서 자기반성과 자기비하를 할 줄 아는 코미디입니다. 트웨인이 오늘날에도 웃음을 주고 의미를 갖는 건, 그의 코미디가 인간이란 존재의 두려움과 부족함, 찬란한 뒤죽박죽을 웃음으로 찬양하기 때문입니다. 우리는 트웨인을 찬양하며 그의 참모습을 보고 우리의 공통점을 인식하고 서로 조금은 더 가까워집니다. 저는 이 상을 겸손, 어리석음, 무의미함, 하찮음, 두려움, 자기회의, 심오하고 한없는 실없음의 정신으로 수락합니다.

며칠 전에는 내가 이 이야기를 엄마에게 들려줬던가 의심했습니다. 아빠의 장례를 치르고 일주일쯤 후에, 엄마가 긴히 상의할 것이 있다며 부엌에서 설거지하고 있던 내 옆으로 다가왔습니다. 엄마는 강원도 용평의 주민 센터에서 중노년 성인들을 상대로 영어를 가르치는 선생님입니다. 주로 살림에는 도가 텄고 영어에는 한이 맺힌 사십대에서 육십대 여성들이 그의 학생입니다. 선생과 학생으로 지낸 지 10년이 넘어가자 그들은 약간 친구 비슷한 게 되었습니다. 이제 곧 수업에 복귀해야 하는데, 사람들을 다시 만나게 되면 첫 인사로 꼭 이렇게 말하고 싶어. 뭐라고 말하고 싶은데? 엄마는 양 손바닥을 내게 보이며 허공에 둥근 원을 그리더니 말했습니다. 과부 이계

향~ 돌아왔습니다! 왜 꼭 그 말이 하고 싶은지는 자기도
알 수가 없다고 했습니다. 웃는 것밖에는 도리가 없어서
고무장갑을 낀 손으로 배를 내리치며 웃었습니다. 그 정
도로 하고 싶은 농담이 있다면 해야지 어쩌겠어요. 이계
향은 이튿날 저녁 영어반 회식 자리에서 그 문장을 시전
하고 돌아왔습니다. 약간 고쳐서 말했어. 이계향이 과부
가 되어 돌아왔습니다~로. 반응이 어땠어? 웃지 뭐. 다들
자지러지게 웃지. 나는 그에게 자랑스럽다고 말했습니다.
일생일대의 농담 기회를 놓치지 않아서. 나중에 수정을
할 만큼 그 농담을 귀하게 여겨서. 그리고 한 달째 완성
하지 못하고 있는 글의 마지막 단락을 내게 주어서.

농담과 번복

초판 1쇄 2026년 3월 25일

지은이 안담   펴낸곳 위고

편집 이솔림   펴낸이 조소정

디자인 퍼머넌트 잉크   등록 제2012-000115호

제작 세걸음   주소 경기도 파주시 광인사길 209, 302호

                            전화 031-946-9276, 9277

                            팩스 031-696-6729

hugo@hugobooks.co.kr

ⓒ 안담, 2026

ISBN 979-11-93044-42-1 03810